魔女の家

The Witch's House

The Diary of Ellen

エレンの日記

ふみー

C o n t e n t s

序章

ひゅう、ひゅう、と音がする。あまりにも近く、胸が上下するたびに聞こえるので、それが風の音ではなく、自分の口から吐き出されている音だと知る。

この部屋は、とても寒くて暗い。ああ、私は、前にも、こんな風に冷たい床に転がっていたことがあったっけ。そんなことを考えて目を閉じる。涙か血か、わからない液体が頬《ほお》を伝う。

窓から、強い風が吹きこんでくる。

机の上に開かれている日記を、ぱらぱらとめくりあげる音がする。

それは、私の日記。

私のすべてが記されている、赤い表紙の本。私は、まるで昨日の出来事のように、すべてを思い出すことができる。

私は、書いたこともない、その日記の書き出しを知っている。

第一章

路地裏の出会い

1

私は　病気だから
誰も　私と　遊んでくれなかった

黒猫がネズミを捕らえるのを見た。

一瞬の出来事だった。黒いかたまりが飛び出したと思ったら、ネズミをくわえた黒猫が立っていた。急所をとらえられているのか、ネズミはぴくりとも動かない。私の視線に気がついたのか、黒猫はこちらを見た。

大きく見開かれた金色の瞳。

ほんの少しの間を置いて、黒猫は路地の角へと消えていってしまった。

私は大きくため息をついた。なんて美しいのだろう。黒猫の姿が目に焼きついて離れない。しなやかな身体に、満月のような二つの瞳。私の目も、彼女と同じ金色。だけど、私は彼女のように牙を持たないし、彼女のように自由でもない。

私は、薄汚れたベッドに寝そべって、外を眺めていた。毎日毎日、窓から、路地裏しかない景色を眺めていた。

なぜかって？

そうすることが、私の生き方であり、役目であったから。

路地裏を行き交う人は、私に気づかない。気づいたとしても、顔色の悪い子どもの顔を見て、気づかないふりをする。正直な人は、まるで不吉なものでも見たと言わんばかりに、顔をしかめて立ち去っていく。

当然だ。だってここは、貧民区。

みんな、自分が生きることに必死で、他人に手を差し伸べる余裕なんて持っていなかったのだから。

「エレン」

母が優しく私の名前を呼んだので、私の意識は引き戻された。

「何か見えたの？」

母は水の入った桶《おけ》を運んできて、床に置きながら聞いた。

私がいつもより目を輝かせて、外を見ていたことに気がついたのだろう。私は小さくうなずいて、口を開いた。

「猫がね……」

思った以上にすりきれた声が出た。

私は軽く咳払《せきばら》いをしてから続けた。

「まっ黒な猫がね、ネズミをつかまえたの」

「そう」

母は微笑《ほほえ》みながらうなずいた。ゆるく巻かれた薄茶色の髪が、鎖骨の上でゆれる。

桶の水に布を浸して、かたくしぼる。丁寧に折りたたんで、毛布に手をかけた。

「包帯を替えるわね」

私が小さくうなずくのと同時に、母は毛布を膝《ひざ》の上までめくった。

両足のふくらはぎには包帯が巻かれていた。ところどころうっすらと、赤くにじんでいる。包帯を外すと、気味悪く赤く変色してひび割れた皮膚があらわになった。母は慣れた手つきで足を拭《ふ》き始めた。

私は、猫がどれだけ早く、華麗に、ネズミを捕らえたのかを語ったけれども、なにせあっという間の出来事だったので、すぐに話すことがなくなってしまった。

うつむいて押し黙っているうちに、母は包帯を巻き終えて、毛布をかけなおした。

私の頭を見て気がついたように、

「あら、リボンがずれてるわ」

私は頭のリボンに手を伸ばした。が、自分では、ずれているかどうかなんてわからない。母は微笑んで、向こうを向いて、というしぐさをする。私は従って、ゆっくりと身体を窓際にかたむけた。

母は、私の赤いリボンをほどくと、私の長い薄紫色の髪を梳《と》かしはじめた。顔の包帯を巻きこまないように、丁寧に。

こういうとき、私はじっと動かない。腰に届くぐらいの長い髪を、てっぺんから毛先まで、櫛《くし》が通されるのを待っている。

まるで人形遊びか何か。

母の腕が動くたびに、甘い香りが鼻先をかすめた。

母は、いつも、お菓子の甘い香りを漂わせていた。そういうものを作る仕事をしていたからだと思う。

母が包帯を替えてくれるのは、いつも夕暮れ時。母が帰ってくるのが、そのぐらいだった。私は、そんな陽が沈みかけた頃の少しずつ冷たくなっていく空気と、母の甘い香りが混ざりあう匂いをかぐのが好きだった。

ゆったりとした時間が流れる。

心地よさに目を閉じかけたとき。

ぽつりと、母がつぶやいた。

「外で遊ばせてあげられなくてごめんね」

私の目は見開かれた。

頭の中に小さな電流が走る。それは、危機を感じる信号のようなもので、私の身体を緊張させて動かなくさせる。こういうとき、私は選ばなければいけない。正しい言葉を。頭の中で歯車がめまぐるしく回転し、答えを導き出す。すべては、一瞬のこと。私は、できるだけ声音を明るくして答えた。

「平気だよ。家の中で遊ぶの、好きだもん」

そう言って、母の顔を見る。

母は静かに微笑みながら、何事もないように髪を梳《と》かしていた。私は、母が微笑むのを確認してから、ぎこちなく唇《くちびる》のはしに笑みを張りつけた。


私は、生まれつき病気だった。

だけど、生まれたときから、この暗い部屋に押しこめられていたわけではない。この窓から空は見えないけれど、私は空の青さを知っているし、草の匂いも知っている。もっと小さい頃には、外で遊んでいたこともあった。

私は、生まれつき、顔や足の皮膚がただれていた。足については、関節にも異常があるらしく、歩くのにも痛みがあった。原因はわからない。治す方法なんてなおさら。ここにはまともな医者なんていなかったし、かかるお金もなかった。

――この子の病気は先祖の悪行のせいだ。この子は永遠に苦しむだろう。

そう告げた占い師の言葉を覚えている。

母は何事か叫ぶと、私の手をさらうように引っぱって、占い師の小屋を出た。狭い路地を行きながら、母の顔は、すぐにでも倒れてしまいそうなぐらい青ざめていた。

結局、母が私にすることができたのは、皮膚を包帯で保護することと、薬を飲ませること。先のことなんて、わからなかった。そのとき、私は子どもだったし、外に出て遊びたかった。足に痛みがあるといっても、歩けないほどではなかったし。母は、私の望みどおりに、私を外に送り出してくれていた。

足の包帯はスカートで隠せても、顔の包帯は隠せずにいた。動いたり、顔を引っかいたりするたびに、包帯の隙間《すきま》から、つぶれたミミズが張りついているような気味の悪い皮膚があらわになった。

同じ年の子どもは私のことを気味悪がった。感染するような病気ではなかったけれど、親たちは、私をおそれて自分の子どもを近づけなかった。

遠巻きに、私を見てひそひそ話す集団もあった。私は、気づかないふりをして、一人で遊んでいた。小さな胸は泣いていた。それでも、陰気くさい部屋の中にいるよりは、ましだった。

遊ぶのに飽きれば、家に帰った。

汚れた服や包帯はそのままにして寝転がり、母が帰ってくるのを待っていた。

ある日、いつものように、母が仕事から帰ってきた。「楽しかった？」と聞きながら、私の汚れた服に手をかける。

その、母の手を見たとき。

どうしてかわからないけれど、不安がよぎった。身体中の毛穴から、冷や汗が吹き出るようだった。

――お母さんの手って、こんなに荒れてたっけ？

口に出して聞くことはできなかった。聞くことを想像すると、足がすくんだ。お前のせいだよ。と、どこかからささやく声がして、震えた。

母の手荒れが、すべて私の世話のせいであるとは言い切れなかった。だけど、少なくとも私の世話をすることが、母の生活に影響を与えていることには違いなかった。

このままでいたら、いつか、私は、母に見捨てられる。

そのときの私は、そう直感した。

人に優しくできるのは、自分に余裕があるときだけだ。

母は何も言わなかった。何も言わなくても、かたく結ばれた唇は、私を非難しているように見え、私をおびえさせた。

嫌だ。捨てられたくない。

私は全身で叫んでいた。

頭の中で信号が飛び交い始めたのは、そのときからだったと思う。

次の日から、私は外に遊びに行くのをやめた。母が仕事から帰ってくるまで、ベッドに寝て大人しくしていた。かゆくなっても、引っかくのを我慢した。なるべく、看病の手間がかからないように、そう思った。

母はそんな私を不思議そうに見ていたけれど、最初のうちだけだった。すぐに、気に留めなくなった。むしろ、母は、いつもより優しくなったような気がした。気のせいかもしれなかったけど、どっちでも良かった。私にとっては、外で遊べないことよりも、母の愛を失うことのほうが、よっぽど恐ろしかったのだから。


私は、七歳にしてすでに囚人《しゅうじん》だった。

包帯という鎖につながれて、母の愛という食事が運ばれるのを待つだけの、おろかな囚人になる道を選んでいた。


「はい、できた」

母はリボンをととのえると、手鏡で見せた。鏡には、顔に包帯を巻いた、やせこけた少女がうつっていた。薄紫色の髪に、赤いリボンが映える。私の横で、薄茶色の髪を揺らした女性が静かに微笑んでいる。

母は、私を背中からそっと抱きしめた。

そのまま、ゆりかごのように優しく身体をゆする。

「私の可愛いエレン」

母の甘い香りに包まれながら、安心する。母の細い腕を握り、目を閉じる。

私の母。私を愛してくれた母。

私も、母を愛していた。

母に捨てられることは、私にとって、死ぬことも同然だった。

私を愛してくれるのは、母だけだったから。

母が微笑んでいなければ、私は微笑むことができない。母に愛されていなければ、息をすることができない。私は、まるで、溺れた者が必死に何かをつかんで離さないように、母の愛にしがみついていた。

だって、ここは貧民区。

みんな、自分が生きることに必死だったように、私も、母に愛されることに必死だった。

「――くそっ！　なめやがって！」

乱暴に玄関の戸が開けられる音が聞こえて、父が帰ってきたことを知らせた。

私と母は、驚いて身を離す。というより、とっさに離れたのは母のほうだった。

母は私の手を握っていたが、その手は小刻みに震えていて、緊張しているのが伝わってきた。

狭い家だったから、玄関から、私の寝ている部屋までは、ほとんどつながっていた。部屋の真ん中には大きなテーブルがあり、父は、その椅子に腰掛けると、手に持っていた瓶を、テーブルに叩きつけるように置いた。

父が何の仕事をしているのかは知らなかった。母より帰りが遅かったのは覚えている。

父の短い髪やぼろぼろの服は、いつも土か何かで汚れているように見えた。

「また賃金下げられそうだ」

父は何事かつぶやいている。私はそれが独《ひと》り言《ごと》でなく、母に投げかけられていると知っている。

母は探るように言葉をかけた。

「組合のほうは？」

父はただ首を横に振る。

「駄目だ、話にならねえ。どうせ俺らが他に行くあてがねえの知ってやがるから、足元見やがって——くそっ！」

思い出して腹が立ったのか、父は近くにあった桶を蹴り飛ばした。

母の私を握る手が、ぎゅっと強くなる。

気まずい時間が流れる。かち、かち、と時計の刻まれる音が部屋に響く。

大きく息を吐いて視線をさまよわせていた父は、うつむいている母の顔を通り過ぎて、私と目が合った。

私はどきりとして、何か言わなければと思い口を開ける。それもつかの間、父は面倒くさそうに視線をそらすと、手にしていた飲み物を一気に飲み干した。

私の心は大きく沈んだ。

いつも、そうだった。

父は、私を見ていなかった。

父は、私をまるでいないもののように扱った。

好きだと言って抱きしめることもなく、嫌いだと言ってなじるのでもなかった。私の姿は認識しているに違いなかった。むしろ、父は、私のことを視界に入れないように、努力すらしているように見えた。

「お父さんは私のことが嫌いなの？」と母に聞いたことがある。母は真剣に首を振って否定していた。「そんなことないわ。お父さんはエレンのために働いてるのよ」「だったらどうして、私とお話してくれないの？」母は小さく笑って、「お父さんは照れてるのよ」と言った。

私は、母の言葉を信じたかった。父に愛されていると思いたかった。そしていつも、父の視線に意味があると希望を持ち、たいていの場合、裏切られて終わるのだった。

父は、私の名前を呼んだことがなかった。

母の名前ばかり呼んでいた。

やがて、父は椅子から立ち上がり、こちらに近づいてきた。

目当ては私ではない。――母だ。

父は、乱暴に母の手を引っぱった。私と母の手はほどかれて、まるで引きさかれた恋人同士のよう。

父は、ひとつしかない隣の部屋へ母を引きずりこんで、戸をしめた。続いて、内側から鍵をかける音が響いた。

そうして一人、私は部屋に取り残された。

壁の向こうで、どたばたと音がする。やがて音は小さくなり、内緒話をする声に変わっていった。

いつものことだ。

いつも、二人は私の見えないところで話をすすめていた。

彼らが何をしているのかは、知らなかった。ただ、男女が関わりあううえで必要な何かだとは感じていた。

部屋から出てきた母に、「何をしてるの?」と聞いたことがある。母は、困ったように笑うだけだった。そういうとき、母の首筋からは、お菓子の甘い香りのほかに、別の甘い香りが漂っていて、もしかすると、それが父の匂いなのかなあと思った。

こういうとき、私は、意味もなく外に視線を走らせたり、薬瓶《びん》のラベルを引っかいたりして、時間をつぶした。

まるで、自由な時間ができたわ、とでも言いたげに。

本当は、置き去りにされているだけだったのだが、それを自覚することは悲しかった。

ラベルを引っかくのにも飽きて、ベッドのすみに追いやられた、古い人形に手を伸ばす。

金髪の女の子の人形。紫色のドレスと帽子に身を包んで、不気味な笑みを張りつけている。

「エレンと同じ髪色の人形はなかったの。でも、服の色がエレンの髪色と同じよ」そう言って、母が私に手渡してくれたもの。

私は、喜んだふりをして受け取った。人形の髪色なんて、なんでもよかった。私はべつに、自分の髪色が好きじゃなかったから。

私の髪は、父と同じ薄い紫色だった。どうせなら、母と同じ薄い茶色がよかった。だって、私も母と同じ色だったら、父も、私を見てくれたかもしれないじゃない。

人形の髪を、手で梳《と》いてみる。金色の糸はぐしゃぐしゃにからまっていて、うまく指が通らない。

いらいらする。無理に梳かそうとして、力を入れる。人形の無機質な瞳が、私に話しかけてくるような気がした。

――『痛いな』

うるさい。痛くないでしょ。人形なんだから。

――『あなたも人形みたいなくせに』

私は人形なんかじゃないわ。

そう心の中で否定しながら、私は母に髪を梳かされる自分の姿を思い出していた。

されるがままになって、じっと動かない自分。母の腕が上から下へ、櫛が通されるのを待つだけの私。

私が人形？

――『そうよ』

違う。

私は力まかせに糸の束《たば》を引っぱり続けた。

私の目は、お前みたいに死んでないもの。私の目は、いろんなものを見られるし、いろんな景色をうつせるわ。

くすくすくす。

髪を引っぱられて、首が変な方向に曲がったまま、変わらない表情を張りつけた人形が笑う。

――『路地裏しか見えないのに？』

さあっと、血の気が引いていく気がした。

私はとっさに人形を放り投げた。人形は壁にぶつかり、床に散らかっていた服の上に落ちた。

すべての音を聞きたくないというように、毛布を頭からかぶる。

一人は嫌だ。いろんなことを考えてしまうから。いろんなものが聞こえてきてしまうから。

私ははやく母が私のそばに来てくれることを祈って、かたく目をつぶった。寒くもないのに、身体が震えた。そうしているうちに、いつの間にか、眠りこんでしまった。


気がつくと、母が、私の頰を手の甲でなでていた。母はうつろな表情を浮かべていたが、私と目が合うと、微笑した。

「起きた？」

私は無言でうなずいた。

母の顔を見るだけで気持ちが安らぐ。

「お水、持ってくるわね」

母はそう言って椅子から立ち上がり、台所へと向かった。

そういえばお薬の時間だったかな。

そう思って、窓の外を見る。まだ夜は更《ふ》けていなかった。あれから、それほど時間は経っていないようだ。考えながら眠りこんだせいか、まだ頭の中がぼうっとする。

何気なく、母の小さな背中を目で追った。

なぜだろう。母は、私のために動いてくれている、というより、何かから逃げるために、そうしているように見えた。

でも、逃げるって何から？

私は、隣の部屋に続く扉を見た。隣の部屋にいるであろう父は、もう、母の手を引っぱりにはこなかった。

やがて母が、水の入ったコップと、粉薬を持ってきた。私はゆっくり起き上がって、それらを受け取る。

それから、何気なく母の顔を見て、はっとした。

まるで重大な事実に気がついたというように息をのむ。


そのときの母は、あまりにも美しかった。

顔の造形が、ではない。髪は乱れていたし、化粧なんてほとんどしていなかった。母は、力なく微笑んでいただけだ。だけど、噛みしめられすぎた下唇は、赤く染まっていて、その赤は、この暗い部屋で唯一、色彩を放っているように思えた。伏せられた睫毛《まつげ》は、時折思い出したように震えた。母の視線、呼吸、組み合わされた手、すべてに意味があるかのように思えた。

この人は生きている。

と、そう感じた。

薬は飲みこまれた。でも、全然苦《にが》くなかった。なぜなら、胃の内側がすでに苦いもので支配され始めていたからだ。胃の底に落ちた水は、のたうち回る蛇になり、喉《のど》から飛び出そうとした。

「――お母さん」

私は叫びだしそうになり、代わりに母を呼んだ。

私の声は震えていた。今にも泣き出してしまいそうだった。

母の目には、自分を心配する子どものように映ったのだろう。母は私の手を握り、そっと私を抱きしめた。

私は、今しがた生まれた気持ちを悟られないように、必死に母の身体にしがみついた。

悟られないように？ どうしてそう思ったのかわからない。正確には、わからないふりをしたかった。

母の甘い香りに包まれても、胸の内に生まれた黒いものは消えなかった。むしろ、ますます強く沁《し》みわたっていくように思えた。私はそれらを拒否するように、目をぎゅっとつぶった。

私は自分の中の初めての感情にうろたえていた。

私の胸の内に生まれたもの。

それは、憎悪だった。

私は、憎んだのだ。生きていることを感じさせた母を。私がもらえない父からの愛を、その身に享受し続けている母を。

私は、自分の中のどこにこんな凶暴な気持ちがあったのかと、あわてた。

こんなにも優しくて、私を愛してくれる母を、どうして憎むことができるのかと、自分自身をきびしく責めた。

苦い思いを振りきるように、しがみつく腕に力をこめる。

母にだけ、色がついて見えたとしても、それでもいい。

こうして抱きしめられている間は、私にも色がついている。

私はエレン。母の愛する娘。それだけで、何もいらないじゃないか。


必死に、そう思いこもうとした。

それでも、憎悪は私の足にからみつき、私を海の底へ引きずりこもうとする。

わざわざ耳元までやってきてささやき、私に気づかせようとする。


〝本当に？〟

私は叫び出したくなるのをこらえて、母の胸に口を押しつけた。

2

その日の午後は、違和感があった。

いつも見ていた路地裏の隅に、黒いかたまりがあった。それは、黒い布切れのようにも見えたし、黒いペンキのようにも見えた。

いやな予感がした。

脳裏に浮かぶのは、ネズミを捕らえた美しい黒猫の姿。もしかすると、あれは黒猫の死骸なのではないか。そう思うと、黒いかたまりは猫の形にしか見えなくなり、私は落ち着かなくなった。

いてもたってもいられずに、私はベッドから下りた。足先に全体重がかかり、激痛にうずくまる。足先から伝わった痛みは、急速に頭まで走り、私の目じりに涙を浮かばせた。

痛い。でも、歩けないほどではない。

私は近くの椅子で身体をささえて、よろよろと立ち上がった。

部屋の中を見回したけれど、私の靴はなかった。

片付けられてしまったのだろうか。母は、私はずっとここから出る必要がないと思っていたのだろうか。自分で望んだことだったけれど、少し悲しくなった。

私は裸足のまま、外に出た。

太陽はほぼ真上にあり、私を照らしていた。強い陽射しが目に痛い。

家の壁に手をつきながら、いつも見ている路地裏へ進む。

すぐに、黒いかたまりが見えた。近づくにつれ、それはだんだんはっきりと黒猫の姿をあらわしていく。

やはり、黒猫の死骸《しがい》だった。

黒猫は、石畳の上に、横向きに倒れていた。片目は、お椀《わん》をひっくり返したように眼球が飛び出していて、もう片方の目の上は、頭蓋《ずがい》が破けて血だらけだった。

私はあまりの気味の悪さに、黒猫から数歩離れたところで立ち止まってしまった。

変わり果てた姿を呆然《ぼうぜん》と見つめる。そこから逃げ出すことはなかったが、近寄ることもできなかった。

ネズミを捕らえていた凛々《りり》しい彼女の姿が思い出される。

一体どうして、こんなことになってしまったのだろう。

荷馬車に轢《ひ》かれたのだろうか。それとも、高いところから地面にうちつけられたのだろうか。

あんな気高い生き物が、こんな醜《みにく》い姿になってしまうなんて。

私は悲しくなった。

私は、こんな姿にした誰かを憎むというより、こんな姿になってもしょうがないというような、ある種のあきらめを感じさせるこの街の空気が嫌だった。

カア。と、頭上からカラスの鳴き声が聞こえた。見上げると、高い塀《へい》の上でカラスがばさばさと羽をひろげていた。屍肉《しにく》をねらっているのだろうか。

——させるもんか。

私は、黒猫に歩み寄った。彼女をこのままにはしておきたくないと思った。黒猫を守るようにして、両腕で抱き上げる。

軽い。そして、かたかった。黒猫の身体は、床に寝ていた姿勢のまま固まっていた。冗談みたいに飛び出す目玉が、彼女が、もう生きてはいないことをあらわしていたけれども、この感触はどうだろう。まるで、物。物体だ。生き物は、死ぬとただの物になるのだ。私は、そのとき学んだ。

土に返そう。

私はかつて猫であった物を抱きかかえながら、そう決意した。

この辺りは、一帯石畳。猫を埋められるような場所はない。確か、近くに土のある公園があったはずだ。私は幼い記憶を頼りに、公園を目指して歩き出した。

歩くたびに、骨が突き刺さるように痛い。それが、小石だらけの地面をはだしで歩く痛みなのか、足そのものの痛みなのかはわからなかった。私は唇をかみしめながら、必死に歩いた。

やがて、公園に出た。

中央に、大きな樹が見える。生命力にあふれた緑の葉っぱは、この街にまるで似合わない。公園と呼べるような遊具はなく、がらんとした広場に、樹とベンチがあるだけだった。ベンチには、ぼろきれをまとった老人が座っていて、手元をいじっていた。私に気がつくと、こちらを見やり、興味がなさそうに手元に視線を戻した。

樹の日陰へ入る。樹を丸くかこむように、土の地面が広がっていた。そこは、花壇《かだん》のよ

うだった。しかし、花はすべて枯れ、捨てられたゴミが悪臭を放っている。まったく手入れされていないようだった。

私は何も埋まってなさそうな地面を見つけて、しゃがみこんだ。

黒猫を置いて、土を掘る。

案外、土はやわらかかった。ひんやりとした、土の感触が心地よい。私は、もぐらにでもなった気分で、掘りすすめた。

私の腕は自由。

私の腕は自由。

腕には、ほとんど病気の症状がなかった。私は、自由に動かせる両腕に感謝した。

汗で顔の包帯がにじみ、ずれてくる。鼻をこすり、土が顔につく。袖《そで》で顔を乱暴にぬぐい、包帯はますますめちゃくちゃになる。汗が炎症した皮膚にあたり、ぴりぴりする。私は痛みに歯をくいしばって耐え、穴を掘り続けた。

じゅうぶんな深さまで掘ると、私は大きく一息ついた。

黒猫を入れ、ていねいに土をかぶせる。

最後に、両手を組み合わせて、目を閉じる。意味は知らなかったが、死んだものに対して、そういうしぐさをする決まりであることは知っていた。

カラスの鳴き声は、もう聞こえてはこなかった。

家に戻ろうと立ち上がる。めまいで数秒間、動けなくなる。目に力を入れてまばたきをして、なんとか歩き始めた。

日陰から出ると、どっと疲れが襲ってくるようだった。まるで、一日ぐらい経ったような気がしていた。それでも、太陽はまだ高い位置にあって、相変わらず、目の前の石畳をじりじりと焦がしていた。

身体じゅう痛かったけれど、私は大いに満ち足りていた。

――これで、黒猫は土に返ることができる。

もちろん、土に返ることを、彼女が望んでいたとは思わない。これは、私のわがままだった。あの気高い生き物が、冷たい路地裏で、カラスにつつかれたり、人に踏まれたりするところを見たくなかっただけだ。

口元をゆるめて歩く私を、中年の女性が変な目で見てすれ違っていった。

私はあわてて唇を結ぶ。しかし、女性がいぶかしんだのは、私の表情でなく、姿だったのだと思い直す。

私は立ち止まって、自分の姿をあらためて見直した。

包帯はほつれ、服は土と血がまざって変な染みを作っている。両手は真っ黒。まるで病院を抜け出して泥遊びをしてきた子どもだった。

母が見たら何と言うか。

想像して、ぞっとした。

私は、急いで家へ向かった。

急に、家までの距離が遠く感じられた。

母が帰ってくる前に、早く帰らないと。着替えて、足も手も洗って、包帯も替えないと。私は、手のかからない子どもでいなければならないのだから。

私は自分が囚人《しゅうじん》であることをすっかり忘れていた。母に愛されるために、私はベッドに磔《はりつけ》になる生き方を選んだのに。一体どうして、それを忘れることができたのかと、私は冷や汗をかいた。

やっとの思いで、家にたどり着く。

日が沈むまで、かなりの時間があった。私は解放された気持ちで玄関の戸を引き、そのままの姿勢でかたまった。

ぴしっ、と、午後の陽射しが凍結する音を聞いた気がする。

母が、いた。

母が、呆然と、椅子に腰掛けていた。

私はすばやく時計を見た。

まだ母の帰る時間ではない。どうして？

ふと、甘い香りが鼻につく。机の上に、お菓子の入ったかごが置かれていた。

ああ。そういえば、ときどき、本当にまれに。母がお菓子をもらってきて、仕事を早く上がることがあった。

――でも、どうして。今日に限って。

戸の音に数秒遅れて気がついた様子で、母は、ゆっくりと私のほうを見た。

その唇が開き、言葉が発せられるまでには、かなりの時間を要した。

「エレン……どこ行ってたの」

私は、そんな憔悴《しょうすい》しきった母の顔を見たことがなかった。背中を冷たいものがすべり落ちていく。

「ね、猫を……、埋めてきたの」

「猫？」

母は眉根を思いきり寄せた。

ああ。そんな目で私を見ないで。

私は泣きたくなる気持ちを抑えて、必死に笑顔を作った。

「うん、黒猫がね、死んでたから……土に埋めてきたの。……ご、ごめんなさい、勝手に外に出て。で、でもね、私、歩けるよ。痛いけど、がまんできないほどじゃないの。一人で歩けるの、だから、私、これからいろいろ一人で、お手伝いとか……」

言いながら、私は絶望していた。

母は、まるで表情を変えずに私を見ていたから。

うつろな目。注がれる視線。母は、私の泥だらけの服を見ていた。土が詰まった両の手の指を見ていた。血のにじむ両足を見ていた。母は、私――エレンではなく、手のかかる病気の子どもとして私を見ていた。

私は、取り返しのつかないことをしたと悟った。

それでも、母の機嫌を取ろうと、やっきになって言葉をつむいだ。頭の中で信号が飛び交う。次の言葉を。次の言葉を。正解の言葉を選び取ろうとする。しかし、そのどれもが功を奏さないことを知っていた。知りながらも、私の口は動くことをやめなかった。

母は、私を愛していた。

でもそれは、絶妙なバランスの中で保っていたものだった。余裕のない家、高額な薬代、包帯を替える手間。

私が今、そのバランスをくずしてしまったのだ。

私は黒猫をうらんだ。

死者への敬意はとうに、憎しみにとって代わられていた。

どうして、今日死んだの。どうして、私の見える場所で死んでたの。

黒猫を埋めたのは、自分がそうしたかったからに違いないのに。私のおろかな頭は、何かのせいにしたくてたまらないようだった。

やがて、母は椅子から立ち上がった。水の入った桶を用意すると、私の手を洗い始めた。決して乱暴な手つきではなかった。いつもの、ていねいな動作だった。私は必死な思いで母を見た。母は、微笑んでいた。でも、もうそこには、私を愛していると言ったときの母の面影はなかった。

頭の中では相変わらず信号が飛びまくっていた。でも、壊れた時計のように針がぐるぐると回るだけで、何の答えも導き出してはくれなかった。

私は、取り返しのつかないことをしたと悟った。

そして、その直感が正しかったことを証明するかのように、

――母は、家に帰らなくなった。

3

母の不在に、一番、錯乱したのは父だった。

母の仕事先の人が、家をたずねてきたときも、父は、怒鳴ったり泣いたりするばかりで、まったく話にならなかった。仕事先の人は、逆に、父をなだめて帰っていってしまった。神に祈るような姿勢で泣きくずれる父の背中は、まるで、私に悲しむ余地など与えないと言っているように見えた。

母は、突然帰らなくなった。

置き手紙も伝言もなく、荷物もそのままだった。家から、髪留めひとつすら持ち出していなかった。

私は、悲しいというよりも、身体の一部をごっそり持っていかれたような、空虚感を味わっていた。

——この感情をきっと、絶望と呼ぶのだろう。

喉《のど》がからからに渇《かわ》いて、眠れなくなった。起き上がる気力もなくなって、何も食べる気になれなかった。

でも、そんなことを二、三日繰り返すうちに、あることを考えるようになった。

母は、少し疲れただけだったのではないかと。

私との生活に疲れていた母には、休みが必要だったのではないかと。

少し休めば、家に置き去りにしている私や父のことを思い出して、駆けつけてくれる。

だって、私は、母の、可愛いエレンなのだから。母には、私をこのまま置き去りにすることなんて、できるはずがないのだから。

ぼんやりとした考えは、だんだん、確信に変わっていき、私の胸は落ち着くようになった。帰ってくる母を想像して、安らかに眠れるようになった。

きっと、母は帰ってくる。置き去りにしたことを後悔して、謝りながら、私を抱きしめる。そうしたら私は、甘い香りに包まれながら、微笑んで母を許すのだ。

そうだ。

私は毛布を取り払って、ベッドから起き上がった。

そのためには、手間のかからない子どもでいなければ。

私は、数日間ほったらかしにしていた自分の包帯を替えた。痛む足に耐えて、水も汲《く》むようにした。見よう見まねで、食事の支度《したく》をした。私は、母が受け入れてくれるような、最大限の良い子どもを想像して、演じることを始めた。

父と二人きりの生活になったけれど、父とは相変わらず一言も話せなかった。父は、物にはあたっても、私にはあたらなかった。泣きもせず、平然としている私を気味悪く思っていたのかもしれない。

子どもらしく泣きわめいたり、わがままを言ったりすればよかったのだろうか。

そのときの私には、できなかった。

父の顔色をうかがうことに慣れすぎていた私は、自分から沈黙を破ることができなかった。涙で関心を引いたとして、いよいよ無視されてしまったときのことを考えたら、恐怖で動けなかった。

すでに一度失敗してしまっている私の身体は、ひどく臆病になっていた。

父はしょっちゅう、家にいた。もしかしたら、仕事を首になったのかもしれなかった。

そのうちに、見知らぬ男性が、父をたずねるようになった。

父は、男性から何かを受け取り、お金を渡していた。何かを手にした父は、落ち着かない様子で隣の部屋に入ると、そのまま閉じこもって、しばらく出てこなかった。

そうしたことを繰り返しているうちに、父が、部屋から出てくる回数が減った。

隣の部屋から、時折、漂ってきた甘い香りは、日ごとに、強くなっていくように思えた。

私は、ひたすら母の帰りを待った。

母が帰ってくることを妄想しながら眠り、母が頰《ほお》をなでてくれることを願いながら目を覚ました。

母の気配だと思って目を覚ましても、ただ、風が頰をなでているだけだった。

壁際の床には、いつか放り投げた女の子の人形が、首をかしげてこちらを見ていた。寒気がした。笑い声が聞こえてくる前に、私はベッドの中にもぐりこんで耳をふさいだ。

水を自分で汲むようになって、足の病気が悪化したようだった。

私の手は、いつか見た母の手のように荒れていた。

髪の毛は、自分ではうまく結べなかった。

包帯や薬は、残り少なくなっていった。

――いつしか父は、部屋から出てこなくなった。

4

真夜中。

私は喉が渇《かわ》いて目を覚ました。

おぼつかない足取りで、台所へ向かう。窓から、わずかな月明かりが射しこんで、部屋の中は青白い空間が広がっていた。寒さに身震いして、汲んでおいた水を手ですくって飲む。

ついでに包帯を運ぼうと思い、棚の引き出しを開けた。軽さに驚くと、もう二、三束しか残っていなかった。

そういえば、飲み薬も、今朝飲んだものが最後だったっけ。

薬を飲まないとどうなるのだろう。これを飲まないと、もっとひどくなるわよ。母が言っていたのを思い出す。あれは、私に苦い薬を飲ませるための口実だったのだろうか。それとも、本当に病気が悪化してしまうからだったのだろうか。

――考えたくない。

私の身体は寒さのせいでなく、震えた。

今でも、じゅうぶん苦しかった。これ以上ひどくなっても、何も変わらないように思えた。

私は疲れ果てていた。

ベッドに戻ろうと歩き出す。

途中、ふらりと壁にぶつかって、包帯を落とした。包帯はころころと玄関のほうへ転がっていった。私はそれを拾おうと追いかけて、ふと、戸口の周辺がほのかに明るいことに気がついた。

――まさか。

期待で胸が高鳴る。

私の視線と足は、自然と光のあるほうへ向かっていた。

「お母さん……?」

自分の声を久しぶりに聞いた気がした。

人影を見つけるのと、声が出るのは同時だった。

戸口の前に、母がいた。母は、とても驚いて、私を見た。低い机の上に置かれたランプが、ぼんやりと周りを照らしていた。

帰ってきたの?

その問いは、声にならなかった。

本来なら喜んで抱きつくはずだったのに、足が動かなかった。

なぜだろう。

目の前の母には、そうさせる空気があった。

母は、身なりが整っていて、まるで別人だった。ぼさぼさだった髪はきちんとバレッタで留められていたし、見慣れないスカーフを首に巻いていた。足元には大きな鞄が転がっており、母は、まるでどこかへ出かける用意をしているように見えた。

「どこか……いくの?」

私は、素直に聞いた。問いつめるでもなく、不安がるでもなく、ただ疑問に思ってたずねた。

母は、表情をかげらせていた。しばらく迷ったあと、おいでというしぐさをしたので、私は駆《か》け寄《よ》って、母に抱きついた。

痩《や》せ細った足は痛んでいた。それでも、母の甘い香りに包まれれば、痛みはすぐに忘れられた。

「エレン……」

母は、私を抱きしめた。身体の震えが伝わってくる。母は、音を立てずに静かに泣いていた。

母は悲しいのか。どうしてか、わからないけれど。

私もなんだか悲しくなって、母のことをぎゅっと抱きしめた。

「ごめんねエレン……」

ごめん？

想像の中で、何度も、私は謝る母を許していた。でも、今、目の前にいる母は、私の想像とは違う意味で謝っているように思えた。

私は、意味がわからないという風に、母の顔を見た。母は、まともに私の顔を見られないようで、目をそらした。

それを見た瞬間、私の胸はざわついた。

突然、自分の置かれた状況が、客観的に見え始める。

今まで家に帰らなかった母。母の整った服装。大きな荷物。そして、父が寝ている真夜中の行動――。

私は視線を落とした。

母は、綺麗な靴を履いていた。

見たこともない白い靴。父は、こういうものを贈る人じゃない。だいたい、こんなに高そうな靴を買って与える余裕なんてなかったはずだ。

つまりこれは、父ではない誰かが、母に買い与えたもの。そして、この靴を買い与えた誰かと、母は、この家を出て行くつもりなのだ。

わかりたくない。

私は全身で叫んでいた。でも、状況は答えを導き出してしまう。

母は――、

母は、私を、捨てる気だ。

今まで心地よいと感じていた母の香りが、加速度を増して不快なものへと変わっていく。甘いミルクのような霧が晴れ、思い直したように夜の空気が私の肌をなでた。私の中の悲しいという気持ちは、いつの間にか消えていた。

机の上のランプの火が、視界の端でゆらゆら揺れている。
その隣には、荷造りに使ったであろう小さなナイフが置かれていた。
「お父さんと、仲良くね」
私は、耳を疑った。
何を言っているのだろう、この女は。――と、母を凝視した。
父は、母のことしか見えていないじゃない。
自分がどれだけ、父に愛されているのか、知らないの？
私がどれだけ、父に愛されていないのか、知らないの？
この女は、私が父と仲良くやっていけると本気で思っているの？
あんなにも、求められているのに、愛されているのに、
愛されることを、やめるの？
そして、

私を愛することも、やめるのね？

母は、そっと身を離して、上品に涙をぬぐった。優しい母親の顔がそこにはあった。しかし、私はまるで知らない女の人を見るように眺めていた。

「エレン、元気でね」

母は荷物を持つと、きびすを返した。

「お母さん」

私はとっさに呼び止めた。その声は何の感情もこめられていなくて、まるで、自分じゃない誰かが発しているかのように思えた。

母は玄関の戸に手をかけ、しばらくの間ためらっていたが、慈愛深い顔でこちらを振り返った。

私はうつむいて、母に聞こえない声で、何事かをつぶやいた。

母が、私の言葉を聞こうとしゃがみこんだ、

――直後。

私は女の喉元を突き刺していた。

近くにあった小さなナイフで。


赤い血が噴き出した。女はぎゃあぎゃあと騒いだ。私は止めなかった。構わず、首を貫き続けた。執拗《しつよう》に。何度も。可能な角度から。女は倒れこむ。逆手にナイフを持ち直す。振り下ろす。返り血を浴びる。

首が弱いことは知っていた。

だって猫は、ネズミの喉元に食らいついて動かなくさせるから。

私の腕は自由。

私の腕は自由。

あのときの黒猫が思い出される。ネズミを捕らえた美しい黒猫。彼女の武器は牙だった。私には武器はないと思っていた。どうってことはない。私の武器は、こんなにも近くにあったじゃないか。

愛してくれないなら、いらない。

愛されているくせに、それを受け入れないなんて、許さない。

私は認めた。母を憎んでいたことを。そして、父から愛されていた母に、母ではなく、同じ女として、嫉妬していたことを。

母が、私を愛してくれるかぎり、その憎しみには蓋《ふた》がされていたのに。

私は、母を愛することができたのに。

私は手を離した。母の愛から。必死にしがみついていた何かから。ああ。熱い。熱い血の海に飲みこまれながら、私は気づく。息ができることに。なんだ。手を離したら息ができないと、思いこんでいただけだったのだ。

血の海の底には、ひざをかかえて泣きじゃくる私がいた。

それは、本当の私。

私もまた、路地裏の人々と同じだった。見たくないものを、見ようとしなかった。気づかないふりをしていたかった。それは確実に存在するのに、ただ、そこにあることを認めるだけでよかったのに。

私は、泣き濡れた顔をあげて微笑むと、こちらに向かって手を伸ばした。私は、彼女の手を握る。その瞬間、握った手は血まみれのナイフに変化して、私は玄関に立ちつくしていた。

目の前の女は、戸にもたれかかるように座って、何も言わなくなった。

ときどき、手足がびくりと動いたり、口から、ごぽ、と泡を吹いたりした。

気持ちが悪い。まるで、生きているみたい。こんなに汚くなって、生きているわけがないのに。一瞬でぐったりするネズミを見習って欲しい。ああ、それとも、自分のやり方が悪かったのだろうか。──ねえ、教えてよ。黒猫。

私は、ナイフをかたく握りしめたまま、へたりとその場に座りこんだ。

お腹の底から息を吐き出す。身体じゅう、痛みや疲れで熱かったが、頭の中だけは、不思議と冷静だった。

母親だった女は、異様な臭いを放つ塊《かたまり》と化した。

汚い。

その姿は、私に何の感慨も起こさせなかった。

女の足元を見る。

白い靴は、血ですっかり赤黒く染まっていた。

私は、おもむろに靴をつまみあげて、眺める。この靴を贈った男性に、ことづけなければならない。「ごめんなさい、一緒に行けなくなりました」と。

靴の先端から、涙のように、血がしたたり落ちて、

がたん。


と、背後。部屋の奥で、扉の開く音がした。

私は顔だけで振り返った。

父が。

隣の部屋から父がゆっくりと姿をあらわして、こちらを見ていた。

靴が指先から滑り落ちて、べちゃりと転がる。

手が滑ったのは、焦りや後悔、恐怖などからくるものではなかった。

――ただの、高揚感からだった。

口から笑みがこぼれる。思わず声が出そうになり、あわてる。高鳴る胸を抑えて、私がしたこと。それは、ゆっくりと立ち上がり、母の死体が父によく見える位置に移動することだった。

父の瞳が揺らぐ。母の死体に片手を伸ばしながら、近づく。ランプの明かりが、父のやせこけた身体をはっきりとうつしだす。父は、すっかりやつれていた。くぼんだ目だけが異様な光を放って、血だまりにうつむく女の顔をとらえていた。

私は興奮した。

お前がやったのかと怒鳴ってくれるかもしれなかったから。その手で私を殴ってくれるかもしれなかったから。

ようやく、父の関心が私に向けられる瞬間が来たと思ったから。

父は、死体のそばで力なく膝をついた。震える手で女の顎《あご》を持ち上げる。顔を確認すると、死体に抱きつき、獣のような声をあげて泣き始めた。その声に一瞬びっくりしたけれども、雄たけびは初めだけで、そのあとはすすり泣きにも近い悲痛なうめき声に変わっていった。

私はつとめて冷静にふるまって、ささやいた。

「私がやったの」

教えてやった。

嬉々としているのを悟られないように。

「私がやったんだよ、お父さん」

最後の言葉は、震えていた。夢の中では何度も父のことを呼んだが、実際に口にするのは初めてだった。私は感動で涙ぐむほどだった。

父は、少し、ほんの少し顔をあげたが、泣き濡れた瞳はこちらを向くことはなく、再び女の身体にすがりついた。

嫌な予感がした。

期待で高鳴っていた胸が、別のもので満たされていくようだった。

父は、女の名前を呼び続けている。私の動揺をあらわすかのように、ランプの火がかすかに揺れた。

「私がやったんだよ！」

私はわざわざ腕を広げてみせた。ぴっ、と血が飛んでいく。傷だらけの右手には、硬く握り締められたナイフ。武器の証明。しかし、父は泣き続けるだけで、ちっとも動じない。

私の顔は、すっかり青ざめていた。

「お父さん」

私の叫び声は、いつの間にか泣き声に変わっていた。

父は、いくら呼びかけても、私のほうを見ようともしなかった。

――どうして。

どうして、私を見ないの。どうして、その女なの。

どうして、なんで、そうやって、私を愛せないことを証明し続けるの。

「やめて」

やめて。見せないで。見たくない。

父の泣き声が大きくなるにつれ、私の中で絶望感が増していく。両耳はざわざわと音をたてた。

歯の根が噛み合わない。

私は全身で震え上がり、

「やめろ!!」

絶叫した。

同時に、ナイフを振り上げ、地獄の光景に幕を下ろした。

5

私は、呆然と立ち尽くしていた。

右腕は、まるで悪霊が乗り移っているかのように重かった。握られたナイフの先端からは、誰の血かわからない雫《しずく》が垂《た》れ、床に染みを作った。

父は、母に覆いかぶさるようにして倒れていた。重なり合う二つの死体は、私の入り込む余地などないように見え、胸をむかつかせた。

最期まで、父は母にすがりついていた。

父には、母しか見えていなかった。父にとって、母のいない人生なんてつらすぎる。そう。だから、これでよかったんだ。

私は、ゆっくりと、あとずさる。そして、隣の部屋の戸が、半分開いたままであることに気づいた。

父の部屋。正確には、父と、母だった女の部屋。

戸の隙間から目が離せない。どくどくと、静かに心臓が高鳴る。部屋の中からは、母のものとは違う甘い香りがした。私は、何かに背中を押されるように、ナイフを握った手で扉を開き、部屋の中へと足を踏み入れた。

かたかた、と戸が開く音だけが響く。部屋中、甘い香りが充満していて、むせ返りそうになる。

部屋の中はとても暗かった。

奥の壁に、ベッドが一つ。テーブルの上のろうそくの火が、狭い室内にたよりない明かりを投げかけている。

テーブルには、小皿やお椀、それから、細長い筒状のものが置かれていた。先端から、ちろちろと煙がたちのぼっていて、それが喫煙具であることがわかった。

父のものだろうか。

甘い香りは、ここから発せられていた。

私は、のろのろとベッドに歩みよった。床には、物が乱雑に散らかっていて、気をつけないと転んでしまいそうだった。

ベッドにたどりついて、浅く腰かける。私のベッドよりも硬くて、すわり心地が悪かった。私のために、よい寝床を与えてくれていたのだろうか。そう思って、息苦しくなる。もう、確かめることはできない。

ぼんやりと、喫煙具から立ちのぼる煙を見つめる。そのうちに、煙の向こうに幻が見えてくるような気がした。微笑む父、母、そして私。幸せそうな家族の様子が、そこにはあった。

ああ。

私は鼻をすすった。

どうして、こうならなかったのだろう。

幸せな家族の幻はかき消えて、私は、玄関に横たわる二つの死体と、ひざの上で握りしめるナイフを意識した。

どうして、こうなってしまったのだろう。

私は、愛されたかったのに。

愛したかったのに。

みんな、愛してくれなかった。

目が痛い。煙が目に沁みているのだろうか。まばたきをするたびに、視界がぼやけていく。

みんな、私を愛してくれない。

どうして？

――私が、病気だから？

私は涙や汗、返り血でぐちゃぐちゃになった顔の包帯に触れた。何かを確かめるように、ひび割れた皮膚に触れる。

「ううっ」

爬虫類《はちゅうるい》のような皮膚を引っかく。痛い。それでも、私は何かに取りつかれたようにうめきながら顔を引っかき続けた。

私が、病気だから。こんなだから。

誰も、私を愛してくれない。みんな、私から逃げていくの。

お父さんは、私のことを見てくれなかった。

お母さんは、私を捨てようとした。

私は、何なの。

エレン。それは名前。でも、エレンって何？

醜い醜い病気の子どものこと？ 路地裏を見つめるだけの人形？ 永遠に、愛されない、少女？

「ああああああああああああああああああああああああああ」

私は顔中だけでは飽き足らず、髪の毛までかきむしった。髪の毛が口に入り、よだれだらけになる。痛い。痛い。でも、私の胸はこれ以上に悲鳴をあげていた。

そのとき、かたんっと窓が音をたてて開き、私は我に返った。

窓から強い風が吹きこむ。拍子に、火のついた喫煙具が床に転がり落ち、床にあった布をじりじりと焦がし始めた。

数秒遅れて、頭が反応する。このままでは火事になってしまう。あわてて、私は立ち上がった。

——消さなきゃ。

そう思って、すぐに思いとどまった。

消す？

どうして。

——この家には、何も残っていないのに。

私は徐々に勢いを増していく火を見つめながらあとずさり、弾かれたように家を飛び出した。


真夜中の路地裏。

すぐに息があがってしまって、私は、家二軒ぶんも走りきれなかった。

ぺた、ぺた、と。冷え切った石畳の上を、はだしで歩く。

私の足は、自分の血と、そうでない者の血で、赤く染まっていた。きっと、血の足跡をつけている。私は生まれつき赤い靴を履いていたのかもしれない。そんなことを考えながら、ただ、歩いた。

握りしめたナイフは、暗闇に溶けて身体の一部になる。

貧民区に、街灯なんてない。真夜中だから、家屋からもれる明かりのおこぼれもない。

私を照らしだすものは、薄い月明かりだけ。誰も、私の行いをとがめる者もいない。私を裁くであろう誰かは、天秤を置いて眠っている。

途中、私は足がもつれて、ゴミ捨て場に身体ごと倒れこんだ。

ゴミ捨て場は、生ゴミや金属片などのガラクタの山になっていた。

胸や腹、いたるところを打ちつけて、うつぶせのまま身もだえる。起き上がる気力もわきあがらず、顔だけ横に向ける。ほうっ、と白い息を吐くと、疲労感が一気に襲いかかるような気がした。

右手には、しっかり握りしめられたナイフ。

汚い刃はにぶい光を放ち、疲労しすぎた指は小刻みに震えていた。

〝死ぬ？〟

と。ナイフが、私に聞いてくるようだった。

私は、力なく首を振る。

そんなことはできない。だって、あなたは私の牙。猫は、自分の牙で自分の喉を噛《か》み千切ることはできないでしょう。

そのまま、目を閉じる。

私はこれからどうなるのだろう。とりあえず、明日は目を覚ますと思う。でも、明後日は？　その次の日は？　寒さに震えて、足の痛みに泣き、空腹で眠れない夜を耐え、そのうち、私の身体は動かなくなるに違いない。

そうしたら、誰か、私を埋めてくれるのだろうか。

優しい手が、私を土の寝床に案内してくれるのだろうか。

そんなことはないと知っている。

私が黒猫を埋められたのは、彼女がとても小さく、かよわい存在だったからだ。私が両手で抱けるほどの、はかない存在だったからだ。

それに、私は黒猫の凛々《りり》しい姿を知っていた。美しい生き様を知っていた。だから、私は黒猫を抱いてやりたいと思ったのだ。

私の場合、誰が、私を知っているというのだろう。誰が、私を見ていたというのだろう。見ていたとしても、誰が、私の姿を美しいと思うのだろう。

誰も、私に手を差し伸べてはくれない。差し伸べてくれたであろう手も、私がこの手で、捨ててしまった。

路地裏に死んでいた黒猫の姿を、自分に置き換えて想像する。

ああ。なんだか私にお似合いかもしれない。

そう思って、考えることをやめようとした。

そのとき――、

「やあ」


ふいに声をかけられ、私の意識は引っぱりあげられた。

少年のような声、それでいて、妙に落ち着いた語り口。私は何かに突き動かされるように身体を起こした。

声の主を探そうと辺りを見回すが、誰もいない。

「ここだよ、エレン」

まるで昔からの知り合いのように、名前を呼ぶ声がある。

声のしたほうを見上げると、いつの間にそこにいたのか、くずれそうな塀の上に、黒猫が座っていた。

黒猫の背後には月が、ちょうど黒猫の瞳と同じ色を放って浮かんでいた。

自然と、土に埋めた黒猫のことが思い出される。彼女と同じ、金色の瞳。だけど、違う。彼女じゃない。だって、彼女は『猫』だったから。今、目の前にいるこれは、『猫』ではない。『猫』は、人間の言葉なんて、喋《しゃべ》らない。

「助かったよ。ちょうどお腹がすいて死にそうだったんだ」

そう言って、満足げに前足をなめる。そのしぐさは本物の猫そのものだった。

目をこすってみる。幻ではない。

「私……」

私は自然とつぶやいていた。

「お前に何かあげた？」

私が反応したのが嬉しかったのか、黒猫は、ぴょん、と飛び跳ねて言った。

「うん！　美味しい魂を二つほど」

聞きなれない言葉に、眉をひそめる。

今、なんて言った？　魂？

「ああ、人間っていうのは魂と身体でできててね。知ってる？」

私は小さく首を横に振った。

黒猫はえへん、と咳払《せきばら》いをして言った。

「人間っていうのは魂と身体でできててね。人間が生きているときは、食べられないんだ。でも、死ぬと魂がすうっと抜けてって、食べられるようになる。これがなかなか、自分たちではありつけなくてさ。こうやって、誰かが殺してくれると、食べられるってわけ。今日はたまたま、君が殺してくれて助かったけど、もし君がいなかったら、どうなっていたことか……ってエレン、どうしたの？」

私は立ち上がっていた。足を震わせながら。私の顔は、青白い夜の空気と同じぐらい青ざめていたと思う。

「……お父さんを食べたの？」

魂がどういったものかなんて、わからなかった。それでも、何か人間にとって大事なもののように思えた。

それを、食べたなんて。

私は、目の前の異形の生物に、父を汚されたように感じていた。不思議と、母だった女のことは頭になかった。

「うーん、食べたけど」

黒猫は、困った様子を見せた。あくまでも、様子だけ。本当に困っているようには見えなかった。

「……エレン。君たちの手に負えないものを、僕らがどうしようと勝手だと思うけどなあ。もし、食べてないって言っても、どうせ確かめられないだろ。それに、食べたからって、君に何ができるの？」

そう言って、黒猫は長い尻尾《しっぽ》を所在なげに揺らした。

何も言い返せなかった。

黒猫の言うとおりだとも思えた。

黒猫は黙りこんで、こちらを見下ろしていた。その瞳は、まるで人形のような冷たさがあって、私はぎくりとした。思わず、黒猫から視線をそらす。恐怖か寒さか、わからないもので唇が震えた。

私は一体、何と話しているんだろう。

やり場のない感情を押し出すように、息を吐く。

足の痛みが、ぶり返すような気がした。じんじんと、心臓の鼓動に合わせて右手が痛む。いまさらのように、自分が冷たい石畳の上に立っていることを思い出して、泣きたくなった。

私、これからどうしよう。

ぼんやりと、黒猫の背後の月を見ながら、そんなことを考える。月は、まるで血管でも通っているかのように赤く、不気味な色を発していた。

「それでね、お礼をしたいんだけど」

「？」

黒猫がやや高めの声で言ったので、私の意識は引き戻された。

「僕らのような悪魔はね、君みたいな子から魂をもらうだろ。そうしたら、お礼に、魔法をあげることができるんだ。エレンには、僕のとっておきの魔法をあげたいなあと思ってね」

「……」

私は面倒くさそうに眉をひそめた。

言葉を発するのも面倒だった。

「エレン。君に家をあげるよ」

――家。

その言葉に、私の目はほんの少しだけ見開かれた。

黒猫は、おそらくそれに気がついたと思う。

「君には、帰る家なんてないんだろ？　君は、このまま生きていけるの？　腐った足を引きずって、汚い街で死んでいくだけだよ。そんなの、つまんないだろ？　僕はそんな君の姿なんて見たくないんだ。僕と一緒においでよ。歓迎するよ」

黒猫の言葉は、心地よく私の耳にまとわりついて、頭の中に花を咲かせた。それは、暖かな陽だまり。冷え切った私の身体が、今、一番、欲しいと思うもの――。

「火事だ！」

突然、誰かの叫び声がした。

声のしたほうを振り向くと、私の家があった位置から、炎が出ていた。

炎は周囲の雲の形をはっきりと浮かび上がらせていて、もう手がつけられないぐらい、ごうごうと燃え盛っていた。

私は呆然と、炎を見つめる。

もう帰ることのない家。

私を愛してくれなかった家。

父と母の顔が浮かぶ。二人の顔は想像の中で赤く塗りつぶされ、遠くに見える炎と重なる。

煙が沁みるわけでもないのに、目が痛い。


「どうかな?」

黒猫が聞く。

私は黒猫のほうに向き直った。

悪魔がどうとか、魔法がどうとか、どうでもよかった。ただ、ここで首を振ったら、路地裏の冷たい死骸になるということだけはわかった。

——寒いのはいや。

その程度の心の動きで、私は頷いた。

それは、かすかな動作で、小さくうつむいただけにも見えたと思う。

黒猫にとって、それは承諾と受け取られて、私の意識は糸が切れたようにぷっつりと途

切れた。

火事にかけつける者、火事を遠巻きに見る者が行き交う中。

路地裏の片隅で。

一人の少女と黒猫が、闇に飲まれるように消えたことに、気づいた者は誰もいなかった。

第二章　目覚め

1

お父さんもお母さんも
私を　愛してくれなかった

だから　×した
それから　ずっと　この家にいるの

美しい模様が見える。

つたのようにも蛇のようにも見える黒い曲線が、天井一面に模様を作っている。模様を目で追っていくと、規則正しく並んでいることがわかる。私は、ふかふかのベッドに埋もれながら、見たことのない天井を眺めていた。

そこはまるで、暖かい陽だまりの底だった。部屋の中なのに、日向《ひなた》の匂いがする。かすかに、花の匂いもする。なんて心地よいのだろう。今さっき、目が覚めたばかりだというのに、私は、再び眠りにつきたい衝動にかられた。

そういうわけにもいかないでしょう。

思考の隅で、私の中の冷静な部分が言う。

ここは、どこなの？

好奇心に背中をつつかれて、私はしかたなく半身を起こした。

ぱら、と薄紫色の髪の毛が、真っ白なシーツの上に落ちる。私の身体に掛かっていたのは、薄汚い毛布などではなく、刺繍のほどこされた清潔なシーツだった。なめらかすぎる手触りに、なかなか夢心地が抜けない。

部屋の中をゆっくりと見回す。四角い部屋に、扉が一つ。部屋の中央に置かれた大きなベッドの上に、私は寝ていた。

可愛いらしい部屋。

そう思ったのは、床一面に、花模様のタイルが敷き詰められていたから。壁際には、小さなクローゼットやテーブルが、行儀よく並んでいる。どれも、私の背に合いそうな大きさで、まるで私のために用意されたもののように思えた。

赤い色彩に目をひかれてテーブルの上を見ると、花が飾られていた。室内なのに花の匂いがしたのは、この匂いなのだと知った。

「気がついた？」

ふいに、背後から聞き覚えのある声がして、振り返った。

窓から射す、少しばかりの陽光に目を細める。

乳白色の壁には大きな窓がはめこまれていて、その窓のへりに、ちょこんと黒猫が座っていた。

黒猫の姿と、なれなれしい少年の声に、私は少しだけ思い出した。

昨夜のこと。冷たい路地裏。ナイフを持ってたたずむ私。塀《へい》の上の黒猫。交わされる言葉。それらの映像が、浮かんでは消えた。夢の続きのように、私は黒猫に向かって話しかけていた。

「ここは……？」

「言っただろう、君の家さ」

私の家？

そういえば、そんなことを言っていたような気がする。記憶をたどってみるものの、黒猫にうなずいたあとの記憶が、まったくない。あのまま意識を失ったのだと思うけれど、どうやってここまで来たのだろう。

私はベッドから下りようとして、自分が、仕立ての良い白いブラウスと、赤いワンピースを着ていることに気がついた。

いつの間に？

まさか、黒猫が着替えさせたわけでもないだろうに。

なんだか、おかしなことになっている。心の中でつぶやきながら、私はベッドから下りた。磨きぬかれた床に、素足が触れる。不思議と、足の痛みはなかった。

花模様のタイルを踏みながら、黒猫のいる窓の前に向かう。

窓に手を触れる。その動作だけで、窓はひとりでに左右に開かれた。さあっ、と、爽やかな風が吹きこんで、私の長い髪をあおる。

窓の外に見えたのは、大きな樹木の連なり。そして、幾筋もの木漏れ日だった。

ちちち、と鳥の鳴き声がする。上空を見上げる。

うっそうと生い茂る葉っぱの間に、かろうじて、青白い空が見えた。

ここは、深い森の中だ。

それも、この部屋はずいぶんと高い位置にあるようだ。

風は絶えず、私の身体をなでつけていた。枝葉がかさかさとこすれあう音は、私を歓迎するささやきのように聞こえた。

「ようこそエレン。僕の魔女」

風を感じていた私は、黒猫の言葉に、数秒遅れて聞き返した。

「……まじょ?」

「そうだよ。言ったじゃないか。君を魔女にしてあげたいって」

そんなこと、言っただろうか。

いぶかしげに黒猫を見て、瞬きをする。その拍子に、目までかかる前髪が揺れた。

昨夜の黒猫は、魂を食べるとか、悪魔だとか、普通ではない言葉を言いつらねていたけれども、魔女という言葉は、初めて聞いたような気がした。

「魔女っていうのはね、まあ、そのうちわかるよ」

説明する気がないのか、面倒なのか、黒猫はそう言ってあくびをした。

私も深くはたずねなかった。

この澄みきった森の空気の中では、どんな言葉や考えも、肯定的なものに感じてしまうように思えたから。

陽の光の下で見る黒猫は、灰色の毛並みを風にそよがせていて、可愛く見えた。昨夜の黒猫は、暗闇の中、瞳だけがあやしい光を発していて、不気味に見えたものだが。

黒猫は私の顔を見ながら、言った。

「うーん。やっぱりエレン、君は可愛い顔をしてるね。僕の見込みどおりだ」

私は嫌悪感をあらわにして黒猫を見た。

この醜《みにく》い顔を見て何を言っているのだろう。と、私は、腫《は》れ物を確かめるように、頬《ほお》へと手を伸ばした。そしてその指先が、するりと肌の上を滑ったので、驚いた。

あるはずのものがない違和感に、頬を探り続けた。決して、それがあることを望んでいたわけではないけれども。

私は、すばやく部屋の中を見回して、自分の姿を確認できるものを探した。ドレッサーを見つけて、のぞきこむ。

鏡の中の自分と目が合った。

そこには、顔にも足にもまったく異常のない、健康な姿の私がいた。

数歩下がって、全体の姿を確認する。醜くただれた赤い皮膚など、ひとかけらも見えない。私の中で赤い色を放つものといえば、大きなリボンとワンピース、そして、呆然と半開きにされた唇だけだった。

「魔女の特権ってやつだねえ」

黒猫が、のんびりと言う。

私は鏡から目を離せなかった。今まで醜くただれていた頬に手をあてる。とくとくと、脈打つのが聞こえる。

これは、夢？　夢でもいい。夢なら覚めないで欲しい。

そんな私の心情を知ってか知らでか、黒猫は、夢の霧を振り払うように、尻尾《しっぽ》をはためかせながら言った。

「でもね、この家から出ちゃいけないよ。君は、魔女なんだから」

黒猫の言葉に、急に現実に引き戻される気分だった。お腹の底が冷たくなっていって、私はおそるおそるたずねた。

「私……お外に出られないの？」

黒猫はきょとんとして、首をかしげた。

「出られないから、なんだっていうの？　こんなに退屈しない家はないよ。ついてきてごらん」

黒猫がそう言うと、突然、がちゃりと扉の開く音がした。驚いて振り向くと、開かれた扉の向こうに、黒猫が座っていた。

急いで窓のへりを見る。しかし、さっきまでそこに座っていたはずの黒猫の姿はなかった。

「さ、こっちこっち」

扉の向こうで黒猫はそう言って、背を向けた。顔だけこちらに向けて、誘うように尻尾を揺らす。

私は二、三度まばたきをしたあと、黒猫のあとをついていった。


部屋を出ると、長い廊下が続いていた。

窓からぽかぽかと陽が射しこんで、木の床をあたためている。

足音もなく歩く黒猫の後ろを、私は、二、三歩遅れてついて歩く。

廊下には、等間隔に台座が置かれていて、赤い花が飾られていた。さっき寝ていた部屋にあった花と同じものだ。

その花は、つぼのように大きく口の広い花瓶に、あふれんばかりに挿されていた。深紅と呼ぶにふさわしい真っ赤な色の花びらが、幾重《いくえ》にも折り重なって、一輪の花を形作っている。水を取り替えたばかりなのだろうか。花や茎に水滴がついていて、みずみずしい。

そっと花びらに触れると、水滴が指の腹に吸収されていった。

「何やってるの」

黒猫が、足を止めている私に気づいて呼んだ。

あわてて追いかけると、廊下の突き当たりに、下へと続く階段があった。黒猫が軽快に下りていく、そのあとをつける。

下りきった先には、扉があった。


扉を開けて中に入ると、そこは暖炉つきの広い食堂だった。

真っ白な布がかけられている大きなテーブルには、金の燭台《しょくだい》が二つ。ろうそくの明かりに照らされるように、ティーポットやティーカップが行儀よく並んでいた。

赤々と燃える暖炉が、部屋中に暖かさを送っている。

鮮やかな色があると思って部屋の隅に視線をやると、やっぱり、あの赤い花が飾られていた。

「さ、座って座って」

黒猫がそう言うと、暖炉に一番近い席の椅子が、ひとりでに、すうっと後ろに引かれた。

うながされるままに、その椅子に座る。それを見はからったかのように、隣の椅子も後ろに引かれ、黒猫が飛び乗った。

一人と一匹が着席したあと、テーブルの上に置かれていたティーポットが、ひとりでに震え出した。そのあと、ふわっと宙に浮き、ティーカップに注ぎ口を合わせてかたむく。良い音をたてて、赤茶色の液体がティーカップに注がれた。

同時に、角砂糖が一個、透明な瓶から飛び出して、吸い込まれるようにカップの中に落ちた。待ち構えていたように、ティースプーンが立ち上がり、カップの中身をぐるぐるとかき回す。

ティースプーンが上品に着席すると、テーブルの上は何事もなかったかのように静まり返った。私は、目の前に差し出された湯気の立つカップを、あっけにとられて見つめていた。

驚きはしたが、叫び出すたぐいのものではなかった。私の心は不思議と落ち着いていて、それが、この飲み物の香りのせいなのだと思った。

「どうぞ」

と、黒猫がうながす。

カップの水面に、私の顔がうつりこんでいる。私はティーカップを両手で包み込むようにして持って、そっと、口に運んだ。

「おいしい」

温かくて、甘い。まるで、全身に沁みわたっていくようだった。実のところ、飲みこむ前から、良い香りが肺の中を蹂躙《じゅうりん》していたのだけれども。私は、初めて飲む味にすっかり感動してしまっていた。

黒猫は私の反応に満足した様子で、得意げに言った。

「ここでは飢える心配もないよ。もちろん、凍える心配もね」

黒猫の言葉に呼応するように、ぱち、と後ろのほうで暖炉の薪《まき》がはじけた。

私は、ぼんやりとしていた。黒猫の言葉を味わうかのように、飲み物の味を、口の中で転がしていた。

「これ、なんていうの？」

私は、そのとき知らなかった飲み物の名前をたずねた。

「紅茶だよ」

「紅茶……」

両の手のひらにぬくもりを与えているティーカップに視線を落とす。

今まで私が口にしてきたものは、にごった水や、薄いスープばかりだった。こんなに美味しい飲み物があることを、私は、初めて知った。

たずねるついでに、と。私は部屋の隅に飾られている花を見て言った。

「あの花の名前、なんていうの？」

「どれ？」

「あれ」

私は赤い花を指差した。

黒猫は私の指した方向をくるりと向いて、すぐに向き直った。

「ああ。薔薇だよ。知らないの？」

「ばら？」

さっきと同じように、口に出してみる。

ばら。素敵な響きだと思った。

――私には、知らないことがいっぱいある。

そう思うと、目の前のものすべてに、色がついたように感じられた。不思議な気持ちだった。知らないことを知ること。それはなぜか、私の心を楽しくさせた。

私は、目の前に差し出される幸福に、ひとつひとつ、酔いしれていた。そしてそれは、この家の暮らしを、受け入れ始めているということでもあった。

がちゃり。

突然、入ってきたほうではないほうの扉が開かれた。驚いてそちらを見ると、キッチンワゴンを押して、誰かが部屋に入ってくるところだった。

その姿を見て、思わずティーカップを落としそうになる。

あらわれたのは、ゆうに2メートルを超えていそうな大男だった。気味の悪いことに、顔がない。男の皮膚はつぎはぎだらけで、豪快な縫《ぬ》い目が身体中にあった。真っ黒な皮のズボンを穿《は》いた脚が、やけに肥大した上半身と腕を支えている。

「もう。びっくりするじゃないか。いきなり開けないでよ」

私がその男に恐怖しないで済んだのは、黒猫が、そうやってのんきに話しかけたからだった。男は、ぺこぺこと申し訳なさそうに頭を下げて、情けなく見える。

「この家のコックだよ」

黒猫に説明されて、あらためてコックの風体を見る。そういえば、小汚い布切れで身体の前面を覆っていて、それがエプロンなのだと知る。筋肉質な巨体に、まったくもって似合わない。

「料理できたの？」

黒猫の問いに、コックはしっかりと頷いて、キッチンワゴンを私のそばまで押してきた。

キッチンワゴンには、銀のおおいがかぶさった皿がのっていた。コックは、丁寧《ていねい》な動作で私のテーブルに、おおいつきの皿を置いた。

コックが、銀のおおいをとる。すると、目と耳に飛びこんできたのは、

「ちょ、ちょっと！　なんだよこれえ！」

黒猫のすっとんきょうな声と、深緑色ににごったスープだった。

変なのはスープの色だけではない。灰色の器も、まるで石でも削って作ったかのように、いびつな形をしていた。

すべてが整ったテーブルの上に、突然、異物が出現した。そんな印象だった。

スープの表面で、小さな泡が出たり消えたりしているのを、私は呆然と見つめていた。

「もう！　なんてもの出すんだよ。せっかく彼女にごちそうするぞっていうときに！」

黒猫が文句を言うと、コックはその太い首をひねって言った。

「あれ？　おかしいな。これ、好きだったでしょう？」

どこから発せられているのか、その声は低く、くぐもっていて聞き取りづらかった。

黒猫はひげを、ぴん、と立てて、

「もう。前の人と勘違いしてるな。こいつ。普通のでいいんだってば。ごく、普通ので。作り直し！」

コックは始終首をひねりながら、皿を回収し、キッチンワゴンを押して帰っていった。

扉が閉まる音が響くと、黒猫はため息まじりに言った。

「あーあ。変なもの出しちゃったなあ。ごめんね、許してよ」

許すも何も。私は無言で首を振った。私のお腹は紅茶で満たされていて、特に空腹は感じていなかった。あの変なスープも、食べてもいいかなと思っていたけれど、言わなかった。

黒猫は、口の中でぶつぶつと文句を言っていた。

「もう、ほんとにあいつは使えないなあ。前の人が置いていったやつだから」

——前の人。

その言葉が気になっていた私は聞いた。

「前にも、誰か住んでたの？」

「そうだよ」

「その人も、魔女？」

「うん」

黒猫はうなずいた。そして、遠い目をして思い出すように言った。

「長いこと、この家は誰も住んでなかったんだよ。本当に、長いことね」

そうなのだろうか。

私は視線だけで部屋を見回した。

誰も住んでいなかったにしては、この家は、私を受け入れる準備が整っているように見えたけれど。

部屋に敷き詰められている絨毯《じゅうたん》だって、テーブルクロスだって、とっさに新品を出したというよりは、もう何年も丁寧に使いこんで、清潔に保っているような、そんな雰囲気があった。あの赤い薔薇も、まるで花瓶の水を取り替えたばかりのようだし。

私は、指の腹についた水滴の感触を思い出していた。

「だからね、君が来てくれて、この家も喜んでるよ」

そう言って、黒猫はぴょんと跳ねた。

誰かが住むと、生き返る家。そんな家があるのだろうか。まったく、普通ではないけれども、そんな表現がぴったりなように思えた。

紅茶を飲みながら思いふけっていると、突然、黒猫が、いいことを思いついたというように高い声をあげた。

「そうだ。もっといい場所があるよ。案内してあげるよ」

そう言って、私の返事も待たずに、黒猫は椅子から飛び下りた。私は紅茶を飲み干して、あわてて黒猫のあとをついていった。

きしむ階段を上りながらたずねる。

「ここ、来たところじゃないの？」

「うん。だけどこっちでいいんだよ」

黒猫は、食堂に入ってきたときの扉を開けて、下ってきたばかりの階段を上っていった。私は、あやしく思いながらも、あとをつけた。

階段を上りきると、さっきとは違う雰囲気の廊下に出た。ふと、後ろを振り向くと、そこに階段はなく、ただの真っ白な壁になっていた。

「こっちこっち」

廊下の先で、黒猫が私を呼ぶ。私が少し目を離した隙に、黒猫はずいぶんと遠くまで移動していた。

せっかちな奴なのか、不思議な力があるのか。

私は階段があったはずの壁を、手のひらでぺたぺたと触ったあと、黒猫のあとを追いかけた。

黒猫は重厚な扉の前で立ち止まっていた。

開けてごらん、という黒猫の視線を感じて、私は重そうな金色の取っ手を握った。そして、そっと扉を押した。

扉は、心地よい重量感をともなって、開かれた。

その部屋には、本棚がずらりと並んでいた。左右に一列ずつ列をなし、先が見えない。

壁際にも本棚が詰まっていて、天井までの高さがあった。

落ち着いた色の床には、開かれたままの本が何冊か散らかっている。それらは、ほこりをかぶって沈んでいるのではなく、ついさっきまで、誰かが使っていたような雰囲気があった。

まるで、雨の日の屋内のような静けさを漂わせる部屋だった。

私はひと目でこの部屋を気に入った。

それを感じ取ったのか、黒猫は案内人を気取った様子で言った。

「ここにはいろんな本があるよ。いろんな国のお話や、いろんな人のお話。役に立つ話も、立たない話も。僕たちの話や、君たちの話もある」

私は迷路に足を踏み入れた気分で、本棚の間を歩いた。

本棚には、大小それぞれ色とりどりの背表紙が、ていねいに整理されて詰まっていた。

そしてそれらすべての本が、私の手に取られるのを、今か今かと待ち構えているように思えた。

本の背表紙を指でなぞりながら、もどかしくなる。私が、その心配事を口にするよりはやく、黒猫は、私の足元に来て言った。

「エレン。君は字が読めないんだろ?」

私は驚いて、黒猫を見下ろした。
そのとおりだった。
「教えてあげるよ。こっちにおいで」
黒猫は私の足首に尻尾をからませたあと、部屋の奥へと歩いていった。
私は黒猫のあとを追った。
部屋の奥には、木製の長机と、椅子がひとつ置かれていた。
机の上には、淡い色をした紙と、蓋の開いたインクの瓶、そして、羽ペンが転がってい
て、文字を書く用意はすべて整えられているように見えた。
ひとりでに引かれた椅子に座る。
「じゃあ、まず、何から教えようかな」
黒猫は机の上に飛び乗って、鼻歌なんかを歌い出した。私よりも嬉々としているように
見える。
私は、周囲にぷんと漂うインクの匂いをかぎながら、窓際に、薔薇の花が飾られている
のを見つけた。
また、あの花だ。どの部屋にも飾ってあるのだろうか。
私は薔薇から視線を離さずに聞いた。
「前に住んでた人は……」

「ん？」

「薔薇が好きだったの？」

黒猫は私の視線を追って、薔薇の花を見た。

「そうだね」

私に向き直って、

「君も好きになるよ」

と言った。

「うん」

私は素直にうなずいた。

実際、好きになり始めていたし、薔薇の花からは、心をつかんで離さない何かを感じていた。まるで、血を連想させる赤。ふと、ナイフの切っ先が頭に浮かんで、どきりとした。なぜだろう。薔薇の存在は、胸を高鳴らせると思った。

そのときは、知らなかったのに。薔薇の花が、魔女にとって、血肉も同然のものだったなんて。薔薇のつたが、人間の命を奪うための武器になりうるだなんて。

「エレンにしよう」

我にかえって、黒猫を見る。

「最初に書く文字だよ。君の名前はこう書くよ」

黒猫がそう言うのと同時に、ひとりでに、羽ペンが立ち上がった。ペン先をインクに浸すと、くるくる踊るように紙の上を走り、流れるような文字を描いた。

『Ellen』

私は食い入るように、自分の名前を見つめた。羽ペンは私の右手までやってきて、力を失った。

その現象に、いちいち驚くことはなかった。

私は羽ペンを握りしめて、文字を書く。少しだけ、手が震えていた。それはきっと、私が知識を得ようとした、記念すべき最初の一歩だったからだと思う。

視界の片隅で、薔薇の花びらが、はらりと落ちた。

2

それから数日、私は本の部屋に入り浸った。

文字はすぐに覚えた。簡単な本なら読めるようになった。覚えがいいね、と黒猫は言った。

無数にある本の中から、適当に選んで手に取る。すると、不思議なことに、私がちょうど読める難しさの本に出合えた。私は本を読みあさって、自分の知らない、いろいろな世界に浸っていた。黒猫の言ったとおり、この家は退屈することがなかった。

黒猫は、私の周りをうろちょろしながら、ときどき、よくわからないたとえ話をしたり、昔話を聞かせたりした。気まぐれに、家の中を案内しながら、この家の住人たちを紹介した。それ以外に、とくに、黒猫は私に何かを要求することがなかった。両親の魂とひきかえに、この暮らしが手に入ったというのならば、それまでなのだろうけれど。

黒猫のことについては、深く考えなかった。

この暮らしは、自分の身に舞いこんだ幸運だと思っていた。私は魔女。だから、ここにいてていいんでしょう。そう無言で問いかけた。魔女がどういう存在かなんて、考えもしないで。黒猫は、何も言わなかった。だから、私も、何も聞かなかった。

ときどき、両親のことが頭に浮かんだ。でも、すぐに忘れた。今の私には、必要のないものだったから。私は、あれほど両親の愛を求めていた昔の自分を、冷めた気持ちで見つめていた。

私の欲望なんて、健康な身体と暖かい寝床、それに、知識欲が満たされれば、上塗りされてしまう程度のものだったのよ。

そう思うと、昔の自分が、ちっぽけに感じられた。

私は、自分が手に入れたと思っていた武器の存在すらも忘れて、毎日毎日、文字列に目を這《は》わせることだけに熱中していた。

「まじょのいえは、まじょのちからによって……」

『魔女の家は、魔女の力によって姿かたちを変える』

その日、読んだ本には、そう書かれていた。

確かに、この家は普通じゃなかった。家具が勝手に動くのもそうだけれど、目を離した隙《すき》に廊下が増えたり、扉が消えたりする。来たところへ戻ってしまう扉もあったし、どこへも通じていない階段もあった。

すべて、私の――魔女の力で変えているのだろうか。力を使っているという意識はなかったけれども、休みたいと思って扉を開ければ、私の部屋に通じてしまったりするので、そうかもしれないなどと思った。

この家には、まだ私が見たことのない部屋もあるんだろう。この部屋も、今日、初めて見つけたのだから。

本を閉じて、部屋を見回す。

そこは、美しい庭園だった。床には一面、草が生えていて、造花の薔薇が、規則正しく並んでいる。深い大地なんてあるはずがないのに、部屋の中央には、ゆたかな葉をつけた大樹が一本、根を張っている。それでもここが屋内だとわかるのは、高い天井と、周囲をぐるりと囲む壁によって。

大樹の下の木製のベンチに、私は座っていた。

ベンチに背をあずけ、大樹を見上げる。

私はどこかで、こういう樹を見たことがあるような気がした。

気がした？　わかっていたくせに。

私は、わからないふりをしていた。

うつろな表情。曇り空を瞳に宿していた人々の住む街。汚い路地裏。それから……。夜に燃える建物の光景が浮かんで、私は小さく首を振った。

私はもう、あの街の住人じゃない。何も、思い出すことはない。だって、私は魔女。この家で、自由に生きることが許されているんだもの。

そう、この家の中でだけ。

いまさらのように思い返して、うつむいた。

黒猫は、この家から出てはいけないと言った。私は魔女だから、この家で暮らさなければならないと。はじめのうちは、それでもいいと思っていた。この家で、私は自由を得ることができたから。黒猫の言うとおり、この家では、飢えを感じることもなかったし、凍えることもなかったから。

だけど、ときどき、寂しいと感じることがあった。

この家には、喋《しゃべ》る者が住んでいた。でも、彼らには心がないように見えた。彼らはまるで、私が退屈しないように作られたおもちゃ。住人たちの話を聞いて、笑ったあと、その顔が無表情に戻るとき。そのときの、感覚。ああ。私って、ひとりだわ。そう思うと、胸に冷たい風が吹いた。

熱が欲しい。まず、私の心に浮かんだのは、人の手だった。私と同じぐらいの、手。握り返してくれる、温かい人の手。人間の友達が欲しい。次に私の心に浮かんだのは、はっきりとした願望だった。

——人間の友達が欲しい。

その望みは、私の胸を熱くさせた。

黒猫に言ったら、叶《かな》えてくれるかしら。そのときの私は、黒猫のことを、まるで、神様か何かのように思っていたから。

黒猫に会いにいこう。

私は鼓動の高鳴りを抑えるように、本を両手で胸に抱いて、ベンチから立ち上がった。

さくさくと、草の床を踏みしめて歩く。

ふと、壁際に、変な形の植物があるのが目に入った。植物は、珊瑚《さんご》のような無数の赤い触手を上空に伸ばして、ひそひそと何かをささやきあっていた。

この草たちも喋るんだわ。

私は声をかけてみた。

「こんにちは」

赤い植物たちのささやき声が、ぴたりと止まった。触手が探るように動き、こちらを観察しているかのようだった。しばらくして、真ん中の赤い植物が、代表とでも言わんばかりに口を開いた。

「こんにちは、何か用かしら?」

落ち着いた女性の声だった。どことなく鋭さがあり、知的な雰囲気を漂わせている。

私はたずねてみた。

「黒猫、どこにいるか知ってる?」

「知ってるわよ」

別の赤い植物が口を挟むようにして言った。

主導権を取り戻すように、真ん中の赤い植物が、触手を大げさに動かして、

「あそこの通路を、ずうっとまっすぐ行ってごらんなさい。黒猫に会えるわ」

そう言って、赤い触手で道を示した。指し示す方向を追って見ると、石造りの通路があった。

「ありがとう」

私は赤い植物たちに礼を言って、その場を去った。赤い植物たちは、私が離れると、ま

たひそひそ話をはじめた。

石造りの通路に入る。

ひたり、と冷たい石床の感触が足の裏に伝わった。芝生のような床から、唐突に石の床に変わったからだ。

その通路は、床も壁も天井も、一面、石で作られていて、やけに暗かった。壁にかけられたたいまつの明かりが、心もとない。

――なんだか怖い。

そう思いながらも、引き返すことはなかった。この家が、自分に敵意を持っていないことは知っていたから。この家の住人が、まさか私を困らせることはないと思っていたから。

進んでいくうちに、足の裏が冷えていくのを感じた。忘れていた感覚だった。そういえば、この家に来てからというもの、ふわふわした絨毯の上や、陽の光で暖まった木の廊下ばかり歩いていた気がする。

それにしても。と、私は思った。この石畳の感触。記憶の中にあるものと、気持ちが悪いぐらい似ている。

そう。あれは冷たい路地裏の――。

突然、後ろで女性の悲鳴のようなものが聞こえて、びくりとして振り返る。しかし、しいんと静まり返った闇があるばかりで、何もなかった。

冷や汗が出た。心を落ち着かせるように息を吐いて、再び歩き始める。

恐怖をまぎらわすように、口に出す。

「黒猫、いるの？」

その問いかけは、暗い通路にむなしく響き、吸い込まれていった。やはり、というか、返事はなかった。

歩いていくうちに、左の壁に、鉄格子《てつごうし》があらわれた。

牢屋《ろうや》だ。何部屋もの牢屋が、続いているのだった。のぞいてみても、牢の奥は暗闇でさっぱり見えない。何かのいる気配もない。私は見回りをする看守のように、薄暗い通路を歩き続けた。

一向に景色は変わらない。

本当にこの先に黒猫がいるのだろうか。

そう思ったとき、何か硬いものが右足の裏に当たり、私は足を止めた。

足をのけて、落ちていたものに視線を落とす。

それを見たとき。

私の心臓は、止まるかと思うぐらい大きく跳ねあがった。

壁にかけられたたいまつの明かりが、くっきりと足元を照らしている。
落ちていたもの。
それは、見覚えのある、

――父の喫煙具だった。

悲鳴をのみこんで、あとずさる。
突然、牢屋の奥から、うめき声が聞こえた。聞き覚えのある声。鼓動が、はやくなっていく。私は、その牢屋の奥にいる人影を見ようと、振り向いて――

「気がついた？」
――目を覚ました。
私は、いつものベッドで仰向けに寝ていた。
声のしたほうを向くと、椅子の上に黒猫がくつろいで、こちらを見ていた。
――夢を見ていたのだろうか。
まだ、ばくばくと、心臓が鳴っている。
足の裏はまだ冷えているようだった。喫煙具を踏んだ感触も、足の裏に、鮮明に残っている。

　私は大きく息を吐いた。手の甲で両目を覆う。

「変な夢を見たの」

「そう?」

「うん……」

　説明はしなかった。どう説明すればいいのか迷った。あの状況を? それとも、感じたことを?

　夢でよかったと安心しながらも、どこからが夢かと思い出そうとすると、わからなかった。暗い通路の光景がよぎり、なんだか、落ち着かない。

　しばらくそうして横になっていると、黒猫が口を開いた。

「論理はね、物事を学ぶうえでの前提なんだよ」

「?」

　私は黒猫に視線だけやった。

　黒猫はのんびりとした調子で続けた。

「君は、文字が読めるようになったばかりだしね。ちゃんと学ばなきゃいけない。何が正しくて、正しくないのか。書かれている文字から、読み取らなきゃいけない。もちろん、誰かと話すときも同じだね」

何を言いたいのかわからない。

私は顔をしかめた。

また、いつものよくわからないたとえ話が始まったのだと思って、何も答えないでいると、黒猫は続けた。

「彼女たちは何かをたずねてもつねに嘘をつくから、気をつけないとだめだよ」

私はしばらくだまっていたが、はっと気がついたように起き上がって、黒猫を見た。

彼女たち。赤い植物たちのこと？

急に、テーブルの上に置かれている本の色が目についた。見覚えのある表紙。それは、さっきまで、私が読んでいた本ではないか。

冷や汗が戻ってくるようだった。

あれは、夢じゃなかったの？

「言っておかなかったのは、僕も悪いと思ってるよ。君の勉強に役立つと思って、変な奴らも置いてたんだけど」

そう言って、黒猫はあくびをした。

「それで、僕に何か用だったの？」

「――」

問いかけた口が、黒猫の言葉でふさがれる。

疑問はあった。

この家はなんなの？　どうして、この家の中に、お父さんの持ち物が落ちてたの？　あの牢屋の先には、誰がいたの――？

しかし、そんなことを聞いて、どうなるというのだろう。

もう、とっくに終わったことだ。私が終わらせてしまったこと。

私は、自分の手で捨ててしまったものを、わざわざ考えたくないと思った。

黒猫に頼みたいことがあったのを思い出して、頭を切り替えることにした。冷え切っていた足の裏は、すでに温まっていて、私の心はずいぶんと落ち着きを取り戻していたから。

黒猫の目を見て、言う。

「頼んでみたいことがあって」

「ふうん、何？」

欲しいと思ったもの。

「私、」

それは、冷たい猫の身体でもなく、醜《みにく》いコックが作る料理でもなく、本から得られる空想でもなく、この家の住人たちの話でもなく――、人間の。

私は視線を落として、シーツの端をぎゅっとつかんだ。自由になったと思う今でも、この身体は、自分の望みを口にすることに慣れていなかった。

私の喉《のど》は、ようやく、といった感じで音を出した。

「……友達が欲しいの」

一瞬、沈黙ができたような気がした。

私は目を伏せていたから、そのときの黒猫が、どんな表情をしているのかわからなかった。

気になって黒猫を見ると、そこには、普段と変わらない、ぶぜんとした表情の黒猫が、私を見上げていた。

「簡単だよ。この家に誘いこめばいい」

あっさりと黒猫は言った。

「誘いこむ?」

「そう」

黒猫は尻尾を揺らして、

「君は、この家から出られないからね。遊びに来てもらうしかないだろ? 君の身体には魔力が宿ってる。君の力はね、周りの森にも、及んでるんだよ。この家が脳みそで、周りの森が手足みたいなものかなあ。まあ、僕の言うとおりにしてみてよ」

私は頷《うなず》いてみせた。

私の力。魔女の力というものだろうか。

黒猫はお手本のように目を閉じた。

「目を閉じて、想像するだけだよ。まずは、君自身。それから、部屋の中、壁の外側。イメージができたら、だんだん外に向かって広げていってごらん。すぐにわかるから」

私は、言われるがままに目を閉じてみた。

暗闇の中、ぽつんと、ベッドにいる私を想像する。そこから、床の絵柄を広げていくと、部屋の景色があらわれた。次に、この家の赤い屋根が見えた。屋根の色なんて、見たこともなかったのに。私は、家を見下ろしていた。真上から。この家は、緑の木々に囲まれている。玄関先の庭には、色とりどりの花が咲いている。そう。ここは、森の中の家だ。鳥が、ばさっ、と飛び立つのが見えて、それから――。

あっという間だった。視点が、物凄い速さで森を駆け抜けて広がり、上昇した。

私は、はるか上空から森全体を見下ろしていた。

森の中のことが、すべて、手に取るようにわかる。どこにウサギがいて顔を出しているのか。どこに鳥の巣があって親鳥が卵を守っているのか。この森に存在する生物の息吹を、理解することできた。

「――っは」

目を開くと映像は途切れ、部屋の景色が戻ってきた。数分間息を止めていたかのような

息苦しさに襲われて、私はあわてて咳《せ》きこんだ。

黒猫は、気づかうように私の顔をのぞきこんで言った。

「そう。それが魔力を使うって感覚だよ。初めてだから、ちょっと苦しいかな。でも、すぐ慣れるよ。この家が元気になれば、もっと楽になるしね」

家が元気になるとはどういうことだろう。

私は目じりに涙を浮かばせながら、不思議に思ったが、それを聞くことはなかった。初めて魔力を使うという感覚に興奮していたし、何より、友達ができるかもしれないことに意識を奪われていたからだ。

私は呼吸を整えると、再び目を閉じ、想像の中で視線を走らせた。

黒猫の言うとおり、それはすぐに慣れた。

魔力を使って、ここではない景色を見ること。

「魔力の光景ってやつさ」

頭の中に浮かぶ映像の外から、黒猫の声が聞こえる。

まるで、私の家を中心に、森全体に蜘蛛《くも》の巣が張っているみたいだった。どこかで何かが糸に触れれば、ぴん、と反応することができる。そんな力だった。

そして、この森の中では、自在に景色を移り変わらせ、道を組み立てることもできると知った。同じところをぐるぐると、さまよわせることもできる。でも、一体、なんのために？　どうして、魔女にこんな力があるのか、そのときの私は、深く考えようとしなかった。

私は、教えられずとも、森を操るほとんどのことを知った。

そして、見つけた。

森の中で遊んでいる、一人の少年を。


「ねえ、私、変じゃない？」

「変じゃないってば。もう、何度目？」

玄関の戸を前にして、私は落ち着かなかった。頭のリボンに何度も手をやって、ずれていないか確認する。

黒猫は、あきれたようにため息をついた。

「大丈夫だって。エレンは可愛いよ」

「本当？」

「うん。ほら、友達がもうそこまで来てるよ」

この扉を開ければ、私の庭に迷いこんだ少年がいる。

迷い込ませた、といったほうが正しかったけれど。

私は玄関の扉の取っ手を、握りしめた。初めての友達に会える。そう思うと、緊張してしまう。

「あ、そうそう」

黒猫は立ち去ろうとして、思い出したように振り返った。

「外へは出ちゃだめだからね」

「わかってるよ」

私が面倒くさそうに答えるのと同時、扉が勝手に開かれた。身体ごと持っていかれそうになり、あわてて踏ん張る。外の空気が家の中に入ってきて——、私は、庭の真ん中に少年が立っているのを見た。

栗色のくしゃくしゃの髪。そばかすが散って日焼けした顔。継ぎ足された服は薄汚れていて、右手に、木の枝なんかを持っている。少年は、色とりどりの花を咲かせる庭を眺めていた。

魔力の光景で見つけた少年の姿と、同じだった。

少年は私の姿に気づくと、ぱあっと顔を明るくさせ、駆け寄ってきた。

「この庭すごいね。ここ、君ん家なの？」

少年は目をきらきらさせながら、言った。

その、声。黒猫の抑揚のない声でなく、命の通った、舌ったらずな少年の声。

私は少年の声を聞いただけであがってしまって、うなずくのが精一杯だった。対する少年は、物怖《ものお》じせず、好奇心に満ちた様子で家の中をうかがっていた。

「すげえおっきい家。それになんかいい匂いがする」

「あの」

声が緊張で裏返る。みっともないと思われたんじゃないかと、恥ずかしさで顔が赤くなっていくのがわかった。

咳払《せきばら》いをして、声を絞り出すように言う。

「よかったら、一緒に食べる？　お菓子とか、あるよ」

ちょっと、唐突すぎたかしら。

そんな私の心配をよそに、少年は目を丸くして嬉しそうに言った。

「本当？　いいの」

私はうなずいた。少年を招き入れるように身を引くと、少年は木の枝を外に放り投げて、家の中に入った。黒猫の姿はいつの間にか消えていて、さっき黒猫がいた位置に、少年が立っていた。

「うわあ、すごい、綺麗な家だなあ」

少年は、ほうけた顔で、広い玄関を見回した。

私は扉を閉めて、少年に向き直る。

「わ、私……」

少年が、きょとんとして振り返る。

私は、スカートの裾《すそ》を握りしめながら、精一杯の笑顔を作って、言った。

「私、エレン。私と……友達になってくれる?」


少年は、私の家に遊びに来るようになった。

私自身よりも、甘いお菓子や紅茶が、目当てだったのかもしれない。森の外の世界でも、こんなに美味しいものはめずらしいみたいだった。少年は、秘密の場所に来るように、私の家に来た。他言されないということは、私にとっても、ちょうどよかった。秘密の共有という雰囲気にはときめくものがあったし、大勢で騒いで遊ぶ気にはなれなかった。

少年は、私に向かって微笑んでくれた。私の名前を呼んでくれた。手を振れば、振り返してくれた。私は、少年と遊ぶことに夢中になった。

少年が家に遊びに来るようになってから、黒猫の姿が見えなくなった。

今までは、窓のへりで日向ぼっこしていたり、本を読むのに茶々を入れてきたり、家の中をうろうろしていたのに、すれ違うこともなかった。

「どうしたの？　エレン」

黒猫の姿を探してきょろきょろしていると、少年が声をかけてきた。

「ううん、なんでもない」

べつに、黒猫がいてもいなくても、何も変わらないわ。

そう思って、少年のそばに近寄り、座った。

少年は床に図鑑を開いて、うつぶせで読んでいた。

「ねえ、この虫の名前、なんて読むの？」

私は少年の指差した先の文字を読んだ。

「ええとね、×××××××（虫の名前）だよ」

「×××……？　変な名前だなあ」

「そうだね」

私はくすくす笑う。

「エレン、ここの本全部読めるの？」

少年は、部屋の中に並ぶ本棚をぐるりと見回して言った。

私はまさかと首を振った。

「簡単なものしか読めないよ」

「そっかあ」

少年は頬づえをつきながら、図鑑の絵に視線を落とした。

私は、良いことを思いついたという風に、身を乗り出して聞いた。

「ねえ、文字の読み方、教えようか？」

少年は少しうなるように考えてから、首を振った。

「いいや。僕なんか、字読めたって役に立たないから。うちの父さんも母さんも字読めないもん。畑耕すのに字なんかいらないって。……そういえば、エレンの父さんって何してる人？」

「……私、のお父さんは……」

ふいに問いかけられ、言葉に詰まる。

「……知らない。何やってる人か」

私の深刻な声に気づかない様子で、少年は図鑑をぱらぱらとめくりながら言った。

「ふうん。でもこれだけおっきい家に住んでるんだから、お金持ちだよなあ。こんなに本も持っててさ。いいなあ。僕もこんな家の子だったらよかったな。あ、ケーキだ！」

扉を開いて、コックがケーキと紅茶をトレイに載せて運んできた。コックは相変わらず気味の悪い風体をしていたけれど、少年には、普通の人間に見えているらしかった。少年は物怖《ものお》じしないで、ケーキが置かれるのを待っている。

少年は美味しそうにケーキを食べて笑う。

私も笑って、でも、心の中ではまだ考えていた。

私は、何も知らない。お父さんのことも。母だった女のことも。私は、何も知らないまま、幕を下ろしてしまったから。頬が痛むような気がして、手をあてた。後悔？　そんなものではないだろう。ただ、寂しいと思った。この少年や、ほとんどの子どもが共有しているだろう、両親という存在が、私の中にはないということを。

私には、何もないわ。

そう思うと、喪失感に襲われるのだった。

私の胸には、穴があいている。すきま風が吹いて、私を身震いさせる。ううん、でも、大丈夫。今の私には友達がいる。私は目の前の少年を見て、安らぎを得る。胸の穴はふさがれて、暖かい風が吹いている。

ずきん、と足に痛みが走った気がして、あわててくるぶしを押さえる。大丈夫？　と言いたげに少年が顔をのぞきこむ。うん、大丈夫。私は微笑む。

足に視線を落として、異常のない肌を確認する。

——気のせいよ。だって、私はもう病気じゃない。

私は、魔女になって、ここで暮らすことを許されたんだから。

ある夜。

私は、自分の部屋のベッドで眠っていた。

夢なのか、魔力を使って見えた光景なのか、わからない。屋根の上に黒猫が座っているのが見えた。屋根は、見覚えのある形と色をしていて、この家の屋根だということがわかった。

黒猫は黙って、夜空を見上げていた。

よく見ると、黒猫の隣には、一羽のカラスがいた。カラスの体躯《たいく》は、黒猫より一回りも二回りも大きい。

襲われている風ではなかった。カラスは、黒猫のほうを向いて、があがあと、やかましく喋っている様子だった。

黒猫も応じて、二言三言、つぶやいていた。何を話しているのかは聞こえない。

話が済んだのか、カラスは大きな羽をはばたかせて飛び立ち、黒い夜空に消えた。

残された黒猫は、ふたたび、夜空を見上げていた。

強い風が吹いて、森の枝葉をがさがさと鳴らす。風がおさまりかけた頃、黒猫はぽつりとつぶやいた。

「そろそろかな」

そのつぶやきは、やっぱり私には聞こえなくて、私の意識は闇に落ちた。

3

その日は。

よく晴れていて、風もほとんどない日だった。

昼下がり、少年が遊びにやって来た。

私は玄関で出迎えた。いつものように家の中へ招きいれようとした私を、少年は引きとめた。

「ねえ、エレン。たまには外で遊ばない？」

「外？」

私は扉の取っ手に手をかけた姿勢のまま、とまどった。

「私……お外、出られないから」

「なんで？」

少年が、まっすぐな瞳で問う。

私は目を泳がせながら言う。

「えっと、病気、だから」

「病気？」

少年は、私を、頭のてっぺんの赤いリボンからワンピース、素足のつま先まで、まじまじと見つめ、笑ってみせた。

「どこが？　エレン、元気じゃん。少しぐらいなら、外出ても平気じゃない？」

「…………」

私は何も言えなかった。

「あっちの切り株にすげえ大きい虫がいてさ、なんて名前か教えてくれよ」

そう言って、少年は無邪気に走り出してしまった。

置き去りにされる気がして、私はひどく焦った。

――外に出ちゃいけないよ。

黒猫の声がよみがえった。

そのすぐあとに、少年の声がよみがえった。

――少しぐらいなら、出ても平気じゃない？

甘い誘惑。

私は唇をきゅっと結んだ。

――そうよ。少しぐらいなら。

私はすでに数秒先、庭で少年と遊ぶ光景を思い描きながら、片足を一歩前へ、踏み出した。

　次の瞬間。

　どちゃ。

　頭を金づちで殴られたような衝撃を受けて、私は土の地面に倒れこんだ。

　突然、視界がかすんだ。何か大きなものが、身体の上にのしかかってくるようなだるさがあった。

　少年は私の異変に気づいて、あわてて戻ってきた。

「どうしたの⁉」

　転んだ私に向かって、手を差し伸べる。

　転んだ？　いいえ。私は、転んでなどいなかった。急に足の関節に鈍い痛みが走り、立てなくなったのだ。

「う、うん、ちょっと……」

　私は痛む右目を押さえた。痛む？　なぜ？　目の奥はずきずきと痛み、指の隙間から生温かいものが流れ出していくのがわかった。

「ひっ――」

　それが血だということに、私よりも早く気づいた少年はのけぞった。

私は拒否されることに過剰に反応してしまい、平気であることを訴えようと、必死に笑顔を作った。

その頬の皮膚は熱を帯びて、ぼろぼろとくずれ去っていく。

少年の顔は真っ青になり、あとずさる。すでに彼は、完全に私と距離を取っていて、今にも逃げ出しそうだった。

その、少年のおびえた顔。まるで、人ではないものを見るかのような目。

私は混乱しながら、今起こっていることを否定しようとした。

「ち、ちがうの、これは――」

「うわあああああ」

私が言い終わらないうちに、少年は私に背を向けて走り出してしまった。途中、転びそうになりながらも、必死に駆ける。

私はすがるように腕を伸ばした。

――どうして？　どうして逃げるの？　今まで、一緒に遊んでたのに。私の、友達だったのに。どうして。

叫びは、声にならない。

手をかぎ爪にして、小さくなっていく少年の背中をつかむ。

伸ばした手の皮膚が赤くにじみ、ぼろ、と剝《は》がれ落ちるのを見たとき、私の目は、これ以上ないぐらいに見開かれた。

「あーあ」


いつの間にか、地面に倒れこむ私の横に、黒猫が座っていた。

少年と遊ぶようになってから、姿を消していた黒猫。

「家から出ちゃいけないって言ったのにな。エレン」

いーけないんだ、と歌うような調子で、黒猫は言った。

「だってエレン。君は病気だったじゃないか」

その言葉が合図であるかのように、突然、身体ががくんと震えだした。懐かしい痛みが、足や顔を襲う。寒気はするくせに、剝がれた皮膚の部分や、目の奥が、ひどく熱い。

私は、自分の赤くただれた足を見てから、おびえた目で黒猫を見た。

「私、病気、治ってないの」

「治るわけないじゃないか。何もしてないのに」

崖の上から突き落とされたような気分だった。

私は、魔女になって、すべてが解決されたと思っていた。

魔女になって、生まれ変わったのではなかったの？

「嘘」

「嘘じゃないよ」

黒猫は尻尾を揺らして言った。

「家の中では、元気な姿でいられるよ。魔法で守られてるからね。でも、家から出たら、魔法はとけちゃう。そうしたら、君は、元の姿さ。とくに、君は、病気だったんだから、出ないほうがよかったのに。ほら」

黒猫は、片方の耳をかたむけた。

「彼も、逃げちゃったね」

彼『も』？

その言いように、ぞっとした。まるで、私が病気のせいで両親に見はなされた過去を、知っているように感じたから。

逃げていく少年の後ろ姿は、私を捨てようとした母や、私を見てくれなかった父の背中と重なり、私の胸を詰まらせていた。

「でも、大丈夫だよ？　エレン。病気が治らなくても、魔女は死なないから」

「……どういうこと」

「永遠に生きられるってこと」

黒猫があっさり言うものだから、その言葉の意味が一瞬わからなかった。

永遠に？

「そうだよ」

黒猫は、私の心の声に答えた。

「このまま、病気が進んで、足が腐って歩けなくなっても、目が見えなくなっても、顔の皮膚がただれて誰だかわかんないぐらいになっても、永遠に」

にっこりと笑って、

「生きられるよ。君は、魔女なんだから」

と言った。

黒猫の言葉がぐるぐると頭の中を回って、目の前が真っ暗になる。

鏡にうつる姿を見て、喜んでいた昔の自分。想像の中で、鏡はひび割れ、がらがらと音をたててくずれ落ちた。

——永遠に？

永遠に私は、病気のまま、生きるの？

病気が治ってないなら、今までと何も変わらないじゃない。いいえ、今までよりひどいわ。病気のまま、生きるなんて。悪化しても、死ねないなんて。私、あの家から出られない。私は、ずっと、あの家にしばられて生きるの？

私は、魔女だから。

魔女だから、なんだっていうの。

私は再び、いつかのように、全身をかきむしりたい衝動にかられた。でも、耐えた。なぜなら、そんなことをしても何も解決しないことがわかっていたから。そして、私以外の視線があったから。その視線は、私の感情の移り変わりを見て、心底、楽しんでいるように感じたから。

私は地に伏せて震えながら、これが夢であることを願った。しかし、苦しい呼吸はおさまることなく、ただただ、時間だけが過ぎるばかりだった。

しだいに、私の中に渦巻いていた焦りや悲しみは、ひとつの感情に収束していった。それは、黒猫に対する恨みだった。

痛む足に耐えて、よろよろと立ち上がった。奥歯が砕けるかと思うぐらい強くかみしめて、黒猫を見下ろす。にらんでいる、つもりではあったが、目の奥がちりちりと痛み、焦点が合わない。それでも、私は、目の前の黒い悪魔をにらみ続けた。

家の中に逃げこむのを待っているのだろうか。

弱音を吐いて、助けてと懇願《こんがん》するのを待っているのだろうか。

絶対に、してやらない。

「やだなあ。エレン。そんな目で見ないでよ。照れるじゃないか」

黒猫はまったく動じない様子で言った。

私は、叫ぶ手前のように、一瞬で息を吸った。しかし、叫ぶことはせず、代わりに、長い息を吐きながら言った。

「……どうしてこんなことするの」

その声は、自分でも驚くぐらい低かった。

黒猫は、答えなかった。

私は、続けて聞いた。

「なんの意味があるの？」

黒猫は、何も言わなかった。

私は、泣きそうになりながら、続けた。

「こんなことなら、こんなことなら、私は、私はあのまま――」

「死んだほうがよかったって？」

黒猫が不意にさえぎり、私は言葉に詰まった。意に反して、身体が動揺していた。

死んだほうがよかった。その言葉を肯定しようと、口を開くのだが、かすれた息がもれるだけで、私の喉は、音を鳴らしてはくれなかった。

黒猫は、小さく肩をすくめた。

「君は寒かったんだろ？　あの路地裏で。家も、なんにもなくなった君には、どこか、暖かい場所が欲しかったんだ」

黒猫は普段どおりの口調で言った。私を軽蔑《けいべつ》するのでもなく、得意げに言うのでもなかった。

「僕は、君の望むものを与えたんだよ。感謝されこそすれ、恨まれる覚えはないけどなあ。温かい食事、知識、友人、あ、友人ってのは僕も入ってるよ。それに、健康な身体。まあ、これは見せかけだけどね」

どくどくと、脈がこめかみを打ち鳴らし始める音が聞こえた。

「君は、知らなかったんだ。だから、知る必要があった」

「何をよ」

強がってみせた、その声は震えていた。

「君が、どれだけ不幸な子どもかってことをさ」

私は、信じられないという表情をありったけ浮かべて黒猫を見た。

黒猫は私の様子など意に介さず、続けた。

「温かさを知らない人間は、ただ単に、凍えて死んでいく。でも、温かさを知った人間は、自分が今、寒いと知って、死んでいく。だから不幸だ。わかるかい？　君は不幸だったんだ。あのまま死ねたら、君は、幸せだったんだよ。君は、自分がどれだけ不幸かを知るべきだったんだ」

「ふざけないで！」

私は真っ青になりながら、叫んだ。これ以上、聞きたくないというように。力んだ拍子に、右目から、血か涙かわからないものがあふれて、ただれた頬の上を流れていった。

不幸を知るべきだったって？

「ふざけないでよ……」

私の中のちっぽけな反抗心が、急速に打ち砕かれていくのを感じていた。くらくらして、倒れそうになる。

黒猫の話は、すべては理解できなかった。

けれど、なんとなくわかっていた。

この家で、私は、あらゆることを知った。健康な身体の自由さ。知らないことを知る楽しさ。それから、友達と遊ぶこと。私にはあらゆる可能性があることを知った。それらを知った今となっては、自分が病気であるという事実は、何も知らなかった頃に比べると、はるかに重大だった。

まるで、手のひらの上で踊らされている気がした。私は、すべてを見透かしているような、この、目の前の黒い悪魔が許せなかった。

いつの間にか、私の握りしめられた右手には、ナイフが出現していた。

今まで動きを見せなかった黒猫が、初めて視線を動かした。私の右手のナイフを見て、ひゅう、と口笛を吹いた。

「そうやって、気に入らないものは全部殺すの？　いいね。すごくシンプル。僕は、君のやり方が好きだよ。でも、他にやり方があると思うなあ」

私は叫びながら、黒猫に向かってナイフを振り下ろした。

当たる場所はどこでもよかった。少しでも、そののんびりとした口調を乱してやりたかった。

黒猫はよけなかった。

ナイフはちょうど肋骨の隙間をすべり、刃のほとんどが内臓深くへと気持ちよく沈みこんだ。

黒猫は痛がりもせず、その金色の瞳をぎょろりと動かして、私を見上げた。

私はナイフから手を離すことも、黒猫から目を離すこともできないでいた。

「寒いと叫べることは、大事なんだよ。エレン」

その声には、いつものような陽気な声の裏側に、刃物のような冷たさがあった。

私は一瞬で、その場から逃げ出したい衝動にかられたが、瞳が泳ぐだけで、身体は動いてくれなかった。

黒猫は身軽に跳んで、私を押し倒した。

私のただれた頬《ほお》に前足をのっけて、力強く踏みつける。

私は悲鳴をあげた。頰の肉が剝《は》ぎ取られ、神経に直接触られているような激痛が、びりびりと走った。

黒猫は、ずい、と顔を私に近づけて、口を開いた。黒猫の横っ腹からは、ナイフの柄が飛び出したままだ。

黒猫はささやいた。

「君は、ただ、生きていたいと思うの？　ただ、生きながらえたいと思うの？　君には望みがあるだろう。言ってごらん。エレン。君が欲しくてたまらないもの。あるだろう」

――ある。だけど、言いたくない。

私は黒猫から目をそらそうとした。

しかし、黒猫は、逃げられないとでも言わんばかりに、私に向かってささやき続けることをやめない。

「君は愛されなかった。誰からも。お父さんは君を見ていなかったし、お母さんは君を捨てようとした。君は愛されたかったのに。愛したかったのに。そう、その病気のせいで。愛されない。おかしいよね。君が愛されてはいけない理由なんてないのに。君は、愛されるべき人間であるはずなのに。ねえ。あの少年だって、君が病気だって知ったら、君を見捨てた。ひどいよね。すべては、君が病気であるせいだ。君は、何が欲しいか、自分で知ってるだろう？　自分が、本当に、心から、何を望んでいるのか。わかってるだろう？　君はもう、あの冷たくて暗い路地裏に戻ることはできないはずだ」

黒猫の言葉は、一言一言、私の心臓を突き刺していく。

聞きたくない。聞きたくないはずなのに、私の耳は、黒猫の言葉を一字一句聞き漏らさないように、神経をとぎすませていた。黒猫の言葉に涙ぐんで相づちを打ちながら、両手を広げて聞いているのだった。

「私は」

痛みに耐えていた私のうめき声は、いつの間にか号泣に変わっていた。


――知っていた。言われなくても。

私は愛されたかった。そして、愛したかった。だから、人間の友達を欲した。人恋しかったから。

でも、ぜんぶ、嘘だったじゃないの。

少年も、私の本当の姿を見て、逃げていってしまった。

私を捨てようとした母や、私を見ない父と同じように。

私は、永遠に愛されない。

私の病気という呪いは、永遠に続くのだから。

私は泣いた。置き去りにされた子どものように。もう、誰も迎えにこないと知らされても、それでもずっと泣き続ける子どものように。
私はもう、何も手にすることができないと思った。
誰にも愛されることなく、この家で、魂を腐らせて生きていくのだと思った。
すべては、私の愚《おろ》かな選択のせいで。
私が、魔女になることを甘んじて受け入れたせいで。

私の心は絶望の海に沈み、何も見えなくなった。
闇に射す、ひとすじの明かりすらない。
もう少しで、何も聞こえなくなる、そのときだった。
——黒猫がささやいたのは。

「病気を治す魔法、教えてやろうか」

その瞬間、ざあああっ、と熱い耳鳴りが襲い、全身の毛が逆立った。
私は泣くのをやめて、黒猫を凝視した。ぽかぽかする陽気が、ひび割れた素肌に戻ってくるようだった。そういえば、まだ、昼下がりの出来事だったのだ。

黒猫は、私の身体から下りた。尻尾をひとふりすると、私の身体はたちまち元の姿に戻った。

身体の痛みや不快感がやわらいだような気がした。見た目が治ったことで、私の心は落ち着いた。

私の瞳が、期待で濡れているのを確認して、黒猫は言った。

「方法？　簡単だよ」

黒猫は、いつものあどけない表情を浮かべていた。

「君が前に僕に食べさせてくれたようにすればいい」

黒猫の口が動く。

「君が、君のお父さんとお母さんの魂を食べさせてくれたから、僕は君に魔法を与えた。同じことさ」

口が動く。

「他にもやり方があるって言っただろ？」

動く。

「この家は、そのための家だよ」

動き続ける。

「もっと人を食べさせてくれたら、病気が治る魔法を教えてあげる」

黒猫は、とてとてと、私に近づいてきた。身軽に、私の肩に前足をかけて乗り、耳を食べるかぐらいの距離まで近づいた。

そして、口を開けるときの、ねちゃ、という音が聞こえて、

「欲しいものは、何でも手に入れればいい。君は、魔女なんだから」

4

次の日。

私は、ドレッサーの前に座って、鏡の中の自分を見つめていた。

午後の陽射しが部屋に射しこんで、ドレッサーの鏡にきらきらと反射している。時折、静寂を突き破るように、鳥の鳴き声が聞こえる。

鏡の中には、表情をなくした少女がいた。

私は、いつものようにベッドの上で目を覚ました。身体には何の異常もなく。この部屋の穏やかな空気も、いつもと何ら変わりなかった。

ただ、変わって見えたのは。

この姿は、偽りであるということ。

身体の内側で、病気は進んでいるということ。

こんこん、と、窓の外側から、小鳥がくちばしで叩く音。

——あの少年が来たという知らせ。

ずきん、と目の奥が痛む。


玄関の戸を開けた。

庭の匂い、そして少しのまぶしさとともに、少年の不安そうな顔が飛びこんできた。

少年は私の顔を見るなり、ぱあっと顔を明るくさせた。

「なんだ、エレン。元気じゃないか」

そう言って、ほっと息をつくと、すぐに申し訳なさそうな表情を作った。

「あの、昨日はごめんね。いきなり逃げちゃって。なんか突然、エレンがお化けみたいに見えちゃってさ。驚いちゃって。気のせいだったみたい」

お化け。

その単語が耳にこびりついて残る。

私は唇をゆがめて笑いながら、言った。

「やだなあ。転んで、泥がついちゃっただけなのに。××（少年の名前）ったら、いきなり逃げちゃうんだもん」

「そうなの？　やっぱりなあ。おかしいと思ったんだよ。やだなあ、僕。あははは」

少年はばつが悪そうに笑い、

「ふふっ」

私は笑みを張りつけたまま、口だけで笑った。

和やかな空気が流れる。誤解が解けたときの、解放感。これからまた、一緒に遊べるという未来への希望。

私は少年を家の中に招き入れた。

ばたん。と、玄関の扉が閉まり、この家は、外の世界から一切遮断《しゃだん》される。扉を閉める音が、いつもより響き渡る気がした。

「さき、部屋にいってて。お菓子持っていくから」

私は、玄関の正面にある扉を指差して言った。その動作も、言葉も、私はすべて無意識に行っていた。

「うん」

少年は指差された扉へと入り、扉を閉めた。私は、そのあとに続く音を知っている。

かちり。

そう。鍵が勝手にかかったのだ。

「あれ？」

異変に気づいた少年の声が、扉の向こうから聞こえる。

「ねえ、エレン。ここ何もないよ。それに急に暗くなっ……？　え、あれ？　エレン！

なんで閉めるの!?」

少年はがちゃがちゃと扉の取っ手を回している。

突然の暗闇は恐怖に違いない。私はその音を聞きながら、数歩あとずさった。背中が壁につくと、その場にするするとしゃがみこんだ。

「なんでだろうね」

口に手をあてて、独り言のようにつぶやく。

「ふざけないでよ！」

少年は怒声とともに、扉を激しく叩いた。その音に、きゅっと心臓をつかまれるような気がして、悲しくなった。

目の前にある扉を、遠い目をして眺める。叫び声と扉が叩かれる音を聞きながら、私は少年のことを思い出した。

私の、初めての友達。

私は、あなたが好きだった。

あなたの手は、やわらかくて、温かくて、まるで、お気に入りの子猫。でも、あなたは私の心を引っかいた。それはね、触れてはいけない、心の膿《うみ》。切り裂かれた膿は、どろりとあふれ出して、私を動けなくさせるの。鼻や口をふさいで、呼吸をさせなくするの。ああ。いやだ。いやだ。私は息をしていたい。だって、私は、まだ何も知らない。

愛することも。愛されることも。

——食べていいの？

と、どこかから声が聞こえた。それは、私と同い年ぐらいの、女の子の声のように聞こえた。

食べたいの？

私は心の中で聞き返した。

——うん。

と、声は答える。

いいよ。

私は心の中で答えた。

次の瞬間。

ずん、と、まるで大きな象が家に体当たりでもしたかのような衝撃が走った。

私は驚いて身をかためる。ぱらぱら、と天井から石の粉が舞い落ちた。

少年の声が止んだ。

衝撃の余韻《よいん》を感じながら、私は何が起こったのか悟った。

家の壁が、少年の身体を押しつぶして破裂させたのだ。

なぜわかったのかって？

この家は、私の家だったから。私の、身体の一部も同然だったのだから。

指先でぶどうの粒をつぶしたら、その感触が指に残るように、私の身体は、すべてを理解することができた。

家が、彼の身体を噛み砕く音がする。彼の血肉をすする音がする。そんな音が聞こえるはずもないのに。家には、咀嚼《そしゃく》する歯も味わう舌もないのだから。

それなのに、確かに聞こえる。

おいしい、おいしい、と喜びに打ち震える声が。感激に涙する嗚咽《おえつ》が。そのささやき声はあらゆる方向から聞こえてきて、私を困らせる。

かちり。と、扉の鍵が外れる音が響いた。

それは、入ってもいいよという、扉の合図のように聞こえた。

私は、立ち上がった。私の目は、正面の扉に釘付けになっていた。胸が高鳴る。自然と足が、前へ出る。少年を殺す前の感傷のようなものは、目の前の好奇心で、すっかり上塗りされてしまっていた。

私は、そっと扉の取っ手に手を伸ばした。

冷たい取っ手に触れて、ゆっくりとかたむける。

扉は、音もなく、開かれた。

そこに、無残な光景はなかった。

そこは、灰色の壁に囲まれた狭い部屋だった。置かれているものは何もない。ただ、足先から数センチ先の床に、少年のものであろう赤い染みがあった。

見覚えのある赤。

でも、私は、その赤を見続けることはなかった。なぜなら、その赤の上に、もっと惹《ひ》きつけられる色彩があったからだ。

下から上へ。視線をのぼらせて、私は、見た。

――紫色のもやを。

それは、私が初めて見た、悪魔の本体だった。

たえず伸縮する、霧状の身体。何十もの獣と人間を掛け合わせたかのように見える顔は、消滅と発生を繰り返していた。その姿は醜悪《しゅうあく》で、とてもこの世のものとは思えなかった。
それでも、なぜだろう。
——美しいと感じたのは。

ぱち、ぱち、ぱち。
どこからともなく、手を打ち鳴らす音が聞こえる。
まばらだったそれは、次第に大きな拍手へと変化していった。
拍手、拍手、拍手——。
この家のすべてが、喜んでいるのだ。久々の生き血に。
そして、新しい魔女の誕生に。

そのとき、私は知った。

私は、こいつから、逃げられないのだと。
そして、私も、逃げるつもりなどないのだと。
悪魔は、わかっていたに違いない。
私が、私の欲望のためにひたすらに生きて、こいつの食欲を満たしていくだろうことを。

私が、この家に囚《とら》われて、こいつの理想とする魔女を演じていくだろうことを。
私は、悪魔に魅入られていた。
同時に、魅入ってもいたのだ。
私は、これから、数え切れないほどの人間たちを殺すだろう。
そしてそれは、私に数え切れないほどの幸せをもたらすだろう。
だって、私は望んでいた。
望んでしまったのだから。

——ただひとつ、愛されることを。

賞賛の拍手がやまない。
この家は、子の独り立ちを喜ぶ親のように、私の肩を抱いて泣いている。家の涙は、体内をめぐる血管のように、天井や壁、床を流れて、私の足の裏から入りこむ。その衝撃は、あっという間に全身を駆けのぼり、まぶたを熱くさせる。満たされたコップの水があふれるように、私の目は、ひとりでに泣いた。

私はもう戻れない。

戻る道もなかった。

路地裏の片隅で、私の目の前にたらされたのは、蜘蛛《くも》の糸。

悪魔のたらした、銀の糸。

それをつかむことを決めたときから、こうなることは決まっていたのだ。たとえその糸が、悪魔の唾液でぬらぬらと光り輝いているだけだったとしても。


私の思いは、おそらく悪魔にも伝わった。

悪魔は、うやうやしくお辞儀をした。そのささいな動作にすら、この森を破壊して、大地をひっくり返せるほどの威圧感があり、私の頬は、びりびりと風を受けた。

悪魔は、私にひざまずいたように見えた。

私の手の甲を取り、口付ける。

数秒とも、永遠とも思われるような静寂のあと。

悪魔は、少年でもなく、大人でもなく、男性でもなく、女性でもない、聞いたこともない美しい声でささやいた。

「ようこそ、エレン。僕の魔女」

第三章

可愛い小瓶

1

それから　この家に　遊びに来た友達
みんな　×した
みんな　この家に食べさせた
でも　まだ足りない

最初は、私と同い年ぐらいの子を見つけて家に誘いこんだ。

みんな、お菓子の甘い香りと、私の笑顔にだまされて家に入った。

この時代の子は、みんなお腹をすかせていた。それに、純粋だった。みんな夢を見たかったみたい。自分にだけ、おとずれる幸福。そんなものを信じたかったみたい。都合よく、そんなものが飛びこんでくるわけがないのに。幼い心は、たやすく心地よいものを受け入れてしまうみたい。私が、そうだったようにね。

この家も心得たもので、いとも簡単に、いろんな方法で、友達を殺していった。

私は何もする必要がなかった。ただ、おいでよと手を差し伸べるだけ。壁で押しつぶして殺すのは、一番簡単なやり方だった。ときどき、勘《かん》のいい子が逃げ出して、廊下を走ったけれど、どこからかナイフが飛んできて、あっさりと仕留めてしまった。この家にはもともと、そんな仕掛けがあった。

だってここは、魔女の家。悪魔が、人間を食べるために作った家。だとしたら、人間を殺すための仕掛けがあっても不思議じゃなかった。この家は、人間を食べるたびに、ありがとう、ありがとう、と感謝の声をあげるので、私は、魔女としての仕事をしていなかった今までの自分を恥じた。

後悔？　罪悪感？　そんなものはなかった。

だって、私は病気を治したかったから。

愛される身体を手に入れたかったから。

目の前に石ころを積んでいくだけで、願いが叶うよ。そんなことを言われたら、誰だってそうすると思うの。私は積んだ。手にとって。でもそれは、石ころじゃなくて白い骨。まあるい誰かの頭蓋骨《ずがいこつ》。これが、石ころだったか、誰かの命だったかという違いが、大きな問題だったのかしら。

人間の魂は、さしずめ、通貨だった。

魔女が、悪魔から魔法を受け取るためのお金。

私が、お父さんとお母さんの魂と引きかえに、この家の魔法をもらったように、悪魔から何かを受け取るには、人間の魂が必要だった。

それは、悪魔から受け取る薬も同じで、私は、病気の進行を遅らせる薬をもらうためにも、働き続けなければならなかった。

家の外に出てしまったとき、私の指先が、赤くにじんでいたのを見た。今まで、手に病気の症状はなかったのに。この家に来て、薬を飲むのをやめたからだ。そう思うと、恐怖で震えた。これ以上、病気を進めたくない。私は、悪魔の薬にすがりついた。どれだけ、進行を遅らせられたのかは、わからなかったけれど。

家が人間を食べると、ぼおっと身体が熱くなって、悪魔に魂が運ばれていくのがわかった。はっきりとした数はわからなかったけれど、私は、人間を食べさせたぶんだけ、悪魔から報酬を得た。

さしあたり、病気の進行を遅らせる薬を。

残りは、私が願いを叶《かな》えるための、悪魔への捧げものとして。

「捧げものっつーよりは、取引だな」

だみ声に振り返ると、開け放たれた窓のへりに、真っ黒なカラスがとまっていた。

「よお」

カラスは、ばさりと羽をひろげて挨拶《あいさつ》をする。

私は腕を組んで、不機嫌な顔をしてにらみつけた。

「薬置いたらさっさと帰ってよ」

「おーこわ。ちっちぇのに愛嬌《あいきょう》もなんもねえな。おい。てめえんとこのはよ」

そう言って、カラスは床にいる黒猫に吐き捨てる。

「もう。わざと怒らせるようなこと言わなくてもいいだろ」

黒猫は怒ってみせたけれど、カラスを邪険に扱うような態度ではなかった。黒猫とカラスの間には、まるで、昔からの知り合いのような空気が流れていた。

「へいへい。まいどあり。じゃーまたな」

カラスは二、三度羽ばたいてから、窓の外へと飛び立っていった。私はいらだちをこめて、窓を強く閉めた。閉めたといっても、私は直接手を触れていない。この家のものは、私の思いどおりに動いたから。

「君はあいつが嫌いなの？」

「嫌いよ。だって、うるさいんだもん」

私が冷たく言うと、黒猫はやれやれと鼻の頭をかいた。

私の薬は、黒猫ではない別の悪魔から買っていた。

カラスの悪魔。私はそう呼んでいる。

黒猫にだって名前はない。

実体を持たない悪魔たちは、動物の死骸《しがい》を依代《よりしろ》にして活動しているらしかった。

それぞれ、好きな動物の趣味があるように、魔女に与えられる魔法にも違いがあった。

黒猫の悪魔は、薬の魔法を知らないらしく、カラスの悪魔に頼っていた。

カラスから買った薬を、戸棚にしまいながらたずねる。

「あのカラスにも魔女がいるの？」

「さあ」

「さあ、って知らないの？」

「うん。僕はエレン以外に興味ないからね」

「…………」

「聞いてる？」

私は黒猫を無視して作業を続けた。

カラスにも魔女がいるのかしら。だとしたら、私のほかにも、同じように暮らす誰かがいるのね。

そう思っただけで、興味はわかなかった。同じ魔女だという仲間意識も。

だって、彼女も、自分の望みのために、悪魔と生きる道を選んだのでしょう。そこに、別の事情を抱えた誰かが割りこんで、なんになるのかしら。魔女は、悪魔とのつながりだけで、自分の世界を持っている。それを邪魔するなんて、迷惑以外の何物でもないと思う。少なくとも、私の場合は。

悪魔と魔女のつながりについて考える。

悪魔は、自分のために魔女を使うのかしら。魔女は、自分のために悪魔を使うのかしら。どちらでも正しいように思えた。取引であると、カラスは言った。悪魔は、自分の力だけじゃ、人間を殺せないようだから。

悪魔に関する本を探して、本の部屋をおとずれた。あまり、面白いものは見つからなかった。

「もしかして、隠してるの？」

黒猫に聞いた。

「まさか」

黒猫はくるりと尻尾を巻いて、優雅な足取りで歩く。

この家の本は、私が手に取れば、読めるぐらいの難しさの本を提供してくれていた。つまり、まだ、私が読むべきじゃない本は、読ませてくれないということだろうか。

つまんないの。

次に、本を手に取ると、そこには、黒猫の魔法について書かれていた。私は、適当な椅子に腰かけて読んだ。

黒猫の悪魔が持つ魔法は、どれもひねくれたものばかりだった。

人に幻を見せる魔法、人の心をのぞき見る魔法、人の身体を操る魔法――。

魂を食べるためなら、身体を壊すだけでじゅうぶんだと思うのに。とくに、人間の恐怖をあおって、命を奪う仕掛けだらけのこの家は、そんな黒猫の趣味があらわれた魔法のようだなと思った。

「どうして、こんな魔法ばかり知ってるの？」

「なんでだろうね。僕は、そういうのが好きなんだと思うよ。それに」

「それに？」

「そのほうがおいしくなるんだよ」

「そうなの？」

「うん。だから、がんばってね」

だって。

なんて他力本願なやつ。そう思いながら、少し震えてしまう。

だってこいつは、私がこれから楽しんで魔法を使っていくだろうってこと、知っていたに違いないから。魔女が、自分のために悪魔を使う？　ぜんぜん、だめね。そんな優位な立場にいないわ。魔女なんて。

私はもう、誰かを家に招き入れて、仲良くなる真似はしなかった。そんなことは、不毛だったから。病気の私を、誰も愛してはくれないのだから。かりそめの姿で馴れ合っても、本当の姿を知れば、逃げてしまう。それに、みんなには帰る家がある。ここにはいてくれない。服従させるのなら、簡単だ。でも、そんなの本物じゃない。心臓を人質にして心を縛りつけるぐらいなら、私がたくさんの心臓を集めて、本物になればいい。それだけのことだ。


人間が死ぬたびに、この家の薔薇は、増えていくように思えた。

薔薇の花びらをちぎって、手のひらにのせてみる。

この赤い花は、たとえでなく、血でできているのかもしれなかった。だってほら、花びらに、うっすらと血管のような模様が見えている。それは、私の手首に透けて見える静脈の模様にそっくりじゃないの。


魔女としての暮らしは、順調に始まった。

といっても、昔とやっていることはそれほど変わらない。紅茶を飲んだり、本を読み散らかしたり、ぼんやりと外をながめたり。そしてときどき、森に来る人間を家の中に誘うだけ。

私は、何不自由なく家の中をさまよった。

鏡の前を通りすぎるたびに、自分の姿を確認する。鏡の中の少女は、とても健康そうに見える。

でも、心から笑うようなことはなかった。

私は聞く。

「ねえ、あとどれぐらいなの？」

「まだまだ、ぜんぜん足りないよ」

黒猫は答える。

2

それから、いくつもの朝と夜が過ぎた。

季節がめぐるごとに、森の景色はうつりかわり、庭の花は枯れては咲いた。頭上にまたたく星たちは、並び方は変えずに、位置だけを変えていった。

ゆるやかに、そして確実に、時間は流れていた。

――それなのに、私の身体は、七歳のまま変わらなかった。


あらためてそれを知ったのは、その日殺した人間の記憶を見たときだった。

その日殺した大人は、私が昔、気まぐれに殺さなかった子どもだったのだ。

子どもが大人になるほどの月日が経っている。私は、すっかり成長してしまった足元の死体と、自分の身体を見くらべた。

私の背は伸びないどころか、髪も爪も伸びやしなかった。

まるで、時間が止まっているように思えた。しかし、病気という呪いは、身体の内側で進むのだ。

魔女は死なないと、悪魔は言った。永遠に生きるとはこういうことなのかと、私は、新しく咲いた薔薇の香りをかぎながら、ぼんやりと考えた。

長い間ここで暮らして、いろんなことを覚えたけれど、七歳のまま成長しない脳みそは、いろんなことを忘れていった。

――日記でもつけようかな。

そう思ったら、目の前に、白紙の本があらわれて、机の上に開かれた。

赤い表紙の本。

何を書こう。考えなくても、ひとりでに羽ペンが動き出して、文字をさらさらと書き記し始めた。

あら。私が書く必要ないじゃない。日記には、すでに私の覚えていないことが書かれていて、この家は、私よりも、私のことを知っているようだから。

そんな風に、今私が思ったことも、すぐに文字となってつづられていく。

私は、日記を、家の魔力に好きなように書かせておくことにして、そこから立ち去った。


この森には、いろんな人間が来た。

遊びに来る子ども。

逢い引きする恋人たち。

狩りや採集のために足を運ぶ大人。

それから、いなくなった子どもを探す大人や、この森を調査しに訪れる人々もいた。

私は、すっかり慣れた様子で、森をあやつった。魔力の光景の中で、私ははるか上空に浮いて、森全体を見下ろしている。森の景色を切り取って、糸をつなぐように道を作ると、人々は、私の家にたどりつく。

家の仕掛けに殺させることにも飽きて、黒猫の魔法を使って遊んだ。ときどき、私が手を下した。

視線をかたむける。それだけでいい。薔薇のつたが、彼らの首にまきつかれる。鋼《はがね》できた筋肉のような、しなやかで強いつたが、ぎちぎちと肉に食いこむ。首が飛ぶ寸前。彼らは、私を見て言うのだ。――「魔女め」、と。

ある人はおびえ、ある人は怒り、ある人はののしった。

私は、そういうものに惑わされることはなかった。だって、彼らにとっては人生の重大な出来事でも、私にとっては、取るに足らない日常の一こまだったから。

私は頰づえをつきながら、何かの劇を見るつもりで、彼らのことをながめていた。彼らのうらみごとなんて、右から左へと抜けていった。

でも、あるときふと思った。

私を魔女と呼ぶ彼らのこと。

もしかして、私って知られているのかしら。

「だって君、わざとやってたんじゃないか」

黒猫が、床にできた血だまりをなめとりながら言う。

わざと？

「そうだよ。ときどき、この家に来た人たちを、逃がしたりして。そんなことしたら、噂が広まるなんてわかりきってるだろ」

ああ。そうかもしれない。

私は、ここに迷いこんだ兄弟やら、恋人やら、片方だけを食べて、片方だけを逃がしてやったこともあった。一度だけではない。とくに、何を考えていたわけではないけれど、今にして思えば、そうね。

私は、知って欲しかったのかもしれない。

私という存在を。深い森の奥底で、私が生きているってことを。

誰にも知られずに生きるのは、嫌だと思ったのかもしれない。私は、さみしかったの。みんなと遊びたかったんだ。

「本当に？」

黒猫が、赤く湿らせた口で笑う。

私は、黒猫とおなじぶんだけ、微笑《ほほえ》み返す。

そう。私は、友達が欲しかったの。私のために、死んでいく友達が。これは、必ずつかまる鬼ごっこ。ただし、鬼は私だけどね。ほら、またどこかで、ぽつぽつと、薔薇の花が咲く音がする。

綺麗な装飾品をつけている子なんかが来ると、それを奪って、身に着けて遊んだ。鏡の前で、ひと回り。どう？　似合う？　黒猫は、なんでも可愛いと言うから、つまらない。そんな遊びにもすぐ飽きて、それらはクローゼットにしまわれた。

悪魔の薬は、紅茶やお菓子に混ぜて、身体に流しこんだ。毎日の義務のように、真っ赤なソファーに沈みこんで待つ。時間になると、目の前のテーブルに、甘い薬がさしだされる。

今日は、いちごのショートケーキね。てっぺんのいちごをフォークで突き刺して、じわり、と果汁が染み出ていくのをながめる。

言っておくけれど、私はべつに、人間を殺すことを楽しんでいたわけじゃない。残酷な方法で殺していたけれど、そうすることが好きだったわけじゃない。

悪魔が喜ぶから、そうしていただけ。

なんでもね。悪魔は、人が苦しむのを見るのが好きなの。絶望に染まった魂を食べると嬉しがるの。

こんなところで死にたくない。いやだ。助けて。そんな悲痛な思いをかかえて死んでいった魂は、とっても美味しいんだって。私は、味見ができないからわからないけれど（食べたいとも思わないけれど）、そのほうが、ほめられるの。わかりやすくいえば、稼ぎがいいの。

だから、私はそういう殺し方をするようになった。

この家も、わかっているものだから、残酷な方法を選んでいくのね。前に住んでいた魔女が考えたことなのかしら。私には、そんな趣味はないの。はみ出した内臓の臭いには慣れてしまったけれど、それだけなの。

最近では、人の手首ばかり切って集めているけれど、あれは、薬を作る材料に必要だったからで、べつに、人間を解体する趣味なんてないわ。

そのときは、コックにがんばってもらったっけ。あいつは、ちょっと頭が足りないから、間違って、私のことも切りつけそうな勢いだったな。なんであんなやつが、家にいるのかとも思ったけど、前に住んでいた魔女が、彼を残していった理由といえば、料理の腕に違いないわね。彼は、なんでも料理することができた。残念なことに、私は、ケーキやお菓子ばかり食べていて、あまり料理に興味がなかったから、あいつもちょっと、退屈だったかもしれないわね。

だからね。私は人間を殺すことが好きだったわけじゃないの。

だって、そうでしょ。人間だって、食べるために豚を殺す人がいる。彼らだって、楽しくて殺しているわけじゃないように、私がしていることも、それと同じなの。

「君は一体、誰に対して説明してるの？」

私がケーキを食べている横で、黒猫が言う。

さあ。誰だろう。きっと、この日記を読んでる誰かによ。

私はフォークの先で、空中に文字を書く動作をする。

「日記書いてるの？」

うん。私じゃなくて、この家が書いてるけど。

「なあにそれ、読んでいい？」

私は答えずに、ケーキのかけらを口に押しこんだ。

もちろん、家が人間を食べたときの高揚感が好きじゃないっていったら嘘になるけど、そんなの、しょうがないじゃない。身体が反応するのは、自分ではどうしようもないんだから。――ねえ。なんで笑ってるのよ、黒猫。


カラスの悪魔とは、すっかり顔なじみになった。

気がつくと窓辺にいて、よお。なんて、声をかけてくる。カラスの、耳をつんざくようなだみ声は、まったく心臓に悪い。

私には、森で起こったすべてのことがわかるのに、カラスだけは存在がつかめないので、いらいらした。そういえば、黒猫がどこにいるのかもつかめなかったっけ。悪魔って、みんなそうなのかしら。

存在がつかめないといえば、この家の時計たちも、そう。

この家の時計は、家が姿を変えても、相変わらず同じ場所にあって、私の意思とは関係なく、律儀《りちぎ》に時を刻み続けている。

まるで、心臓の音。持ち主の意思とは関係なく動き、何があっても動じることなく、一定の拍を刻み続ける、この家の鼓動――。

そんなことを考えていたら、カラスにこつりと額をつつかれて、われに返る。私に売りつける薬を選び終えたらしい。

カラスの悪魔は、私に必要な薬を出すために、私の身体の内側を診《み》ることがあった。

「まるでお医者さまだね」

とカラスに言ったら、

「まあな」

だって。

「じゃあ、私の病気も治せるんじゃないの？」

と聞いたら、

「そいつは黒猫にしかできねえな」

と言った。

「ふうん」

私は少しがっかりして、それから、少し疑う気持ちでカラスを見た。

カラスの言いようは、自分にそんな力がないというよりは、まるで、病気を治すのは黒猫の役割であるとでもいうように感じたから。

しかし、そんなことを悪魔に聞いてみたところで、うまくはぐらかされるのがおちだ。

私は疑いを飲みこんで、別のことを聞いた。

「でもお前たち、人を食べるくせに、人を治す力を持ってるのって、変じゃないの」

そう言ったら、カラスは笑って、

「てめえのたとえで言ったら、豚が病気だったら困るだろ」

と言った。

私は何か引っかかるものを感じて、眉をひそめた。

「悪魔は人間が病気だと困るの？」

カラスは大口を開けて、

「べつに。んなこたあねえけどよ。必要だろ。俺らが遊ぶのにな」

と、下品に笑った。

その汚い声と声量に、思わず顔をしかめる。

俺ら。それって、カラスと黒猫のこと？

なんとなく、悪魔という存在すべてをさしているように思えて、いやな気分になった。

紅茶のカップを口元に持ってきて、気づく。

――あれ？ 待って。豚がどうとか。

この前、日記に書いたやつじゃなかったっけ。

「もしかしてお前。人の日記、勝手に見たの？」

「おっと」

カラスはわざとらしくあわてて、窓の外に逃げやがった。こいつ。私は窓ぎわまで追いかけて、そこから先に進めない。

「こら！ エレンをいじめたな」

すると、どこからか黒猫があらわれて、カラスのいる屋根の上に飛びのった。

カラスは、うっとおしいものが来たと言わんばかりに黒猫をにらみつけて、威嚇《いかく》の声を飛ばした。

「なあんもしてねえよ。お前はいちいち過保護すぎんだよ。うぜえな」

「な、なにおう！」

屋根の上で、黒猫とカラスの攻防が始まる。といっても、カラスが一方的に攻めるばかり。黒猫は、ひげを引っぱられて、目玉をつっつかれて、わあ、エレン助けて。なんて言っている。

私はしばらくの間それをながめていたが、そのうちに、わざと聞かせるようなため息をついて部屋を出た。

「ちょ、ちょっとエレン、無視しないでよぉ」

後ろで、黒猫の情けない声がする。カラスが笑いながら飛び去って行くのが聞こえる。黒猫は部屋の中に飛び下りて、私のあとを追いかけてきた。カラスの攻撃のせいか、黒猫の片方の耳が、ぼろりと取れかかっていた。

「ひどいなあ、なんで助けてくれなかったの？」

「また、新しいのに替えればいいじゃない」

私はにっこり微笑んだ。

黒猫の身体が傷ついても、代わりの猫の死骸はいくらでも集めてあるのだった。

「僕は、エレンに助けてほしかったんだよ」

「…………」

「聞いてる⁉」

私は黒猫を無視して歩く。

——なんで助けてあげなかったのかって？

知ってたんじゃないの。私が、少しでも、身体を外に出したくなかったってこと。窓から手を出したら魔法がとけて、そこから皮膚が溶け出すんじゃないかって、びくびくしてたってこと。

でも言わないわ。

震えそうになる唇をかたく結ぶ。

私は、魔女なんだから。魔女が、そんな情けないことを言うのは許されないんでしょう。泣き言を言えば、きっと、お前は私を見捨てる。ううん、見捨てるわけがないとも思っているけれど。

黒猫が追ってくる廊下を、振り返りもせずに歩く。いつの間にか、黒猫は私の肩にのってきて、他愛もないことを話し出す。

ばかみたい。茶番だわ。

私は心の中でつぶやいて、話を聞き流す。私は悪魔にすべてをにぎられているのに。まるで、一人で生きてるような顔をする。それが、こいつの好みだと知っているから。悪魔が、魔女に望む姿だと知っているから。

扉を開けると、包丁を持ったコックとばったり出くわした。

つぎはぎだらけの醜《みにく》い巨体は、包丁に赤黒い血をしたたらせながら、どんくさそうな口調でたずねてきた。

「わたしはいつまで、豚の手首を集めればいいんですか」

だって。

私は肩をすくめる。

――こっちが聞きたいわ。

私は聞く。

「ねえ、あとどれぐらいなの？」

「まだまだ足りないよ」

黒猫は答える。

3

森の外では、国の支配者が何人も代わった。

戦争が始まって、終わったという噂《うわさ》を何度も聞いた。

この家に来てから、数十年ぐらい経ったのだろうか。

もしかしたら、数百年ぐらい経っているかもしれなかった。

正確な数字はわからなかった。永遠に年をとらない私に、時を数える必要があったとは思えない。

『森の奥には魔女が住んでいて、迷いこんだ人間をさらう』

そんな噂話も広まっていた。

森の外では、私を殺そうという算段が、ひそかに立てられているようだった。森をおとずれる人々の中には、わざわざ私を殺しに来る者もいた。

それでも、私は焦らなかった。みんな、私の友達になってくれたから。彼らが遊びに来てくれるたびに、悪魔の食欲を満たすことができたから。

彼らの死は、残された者たちに怒りや悲しみを与え、あらたな人間をこの家に呼び寄せる。

そんな連鎖を、きっと悪魔は知っていて、それを私も楽しんだ。

二階の廊下の窓から、庭を見下ろす。

庭には一面、真っ赤な薔薇が咲き乱れていた。

ここに来たばかりのときは、季節の花を咲かせていただけだったのに。人間を殺すたびに、その数を増してきた薔薇は、家の中だけではおさまりきらなくなって、今では、家の外壁をぐるりと取り囲むぐらい、庭中に咲きほこっている。

そっと、窓ガラスに指先を触れる。

いとしい私の薔薇たち。その赤い寝床に、思いっきり飛びこんでしまいたい。それができないこの身体が悔しい。

すっ、と空に黒い影が横切って、顔をあげる。

黒い鳥のやかましい鳴き声。

――悪魔が薬を売りにきたのね。


カラスから買った薬は、専用の倉庫にしまいこむようになった。

悪魔の薬は、量も種類も増えてしまって、部屋の戸棚にはおさまりきらなくなっていたから。薬の中には、病気の進行を抑えるもののほかに、身体に痛みを与えるものなんかもあったけれど、それは黒猫の趣味。

薬品倉庫を出て、一本の長い廊下の前に立つ。

間違っても、人間に近寄って欲しくないわ。せっかく貯めたお薬を、誰かに壊されでもしたらしゃくだもの。

廊下の中央には水が溜まっていて、浅い川を作っている。

──どこから湧《わ》いてきたのかしら。ちょうどいいわ。

私は、自分の髪の毛を数本引き抜いて、川に落とした。透明だった水は、たちまち紫色に変わり、ごぽごぽと泡を立て、異様な熱気を放ち始めた。

「うわあ。何やってんの？」

興味津々《きょうみしんしん》な様子で、黒猫がやってきた。

私は黒猫を追いはらおうとして、やめた。

黒猫の両脇をつかんで、持ち上げる。

そして、可愛くてたまらないという風に、黒猫に向かって微笑んだ。

「……エレン？」

だらりと手足を下ろし、私を見上げる黒猫。

相変わらず私が微笑んでいるので、黒猫もつられて、しかし、どこかぎこちない笑みを浮かべた。

──直後。私は真顔に戻って、川に向かって黒猫を放り投げた。

「うわー!?　やっぱり──」

じゅわっ。

黒猫が叫び終わるか終わらないかのうちに。毒の水に落ちた黒猫の身体は、小気味良い音とともに、あとかたもなく消えてしまった。

黒猫の落ちた水面は、ぶくぶくと泡立つばかり。骨のかけらひとつ、残っていない。私はすえた臭いに鼻をならした。

これならじゅうぶんね。

私は、すうっと壁をすりぬけて、その場を去った。

紫色のもや――悪魔の本体が、非難するように私の肩にまとわりついてきたけれど、知らないふりをした。


家の中をさまよい歩く。

この家は、最初に来たころよりも、広くなっていた。

食堂を通り過ぎてみる。長いテーブルを取り囲んで、手のない住人たちが食事会を開いていた。次に、大理石の広間をのぞいてみる。勝手に椅子が並べられて、姿があやふやな住人たちが、ピアノの演奏会を開いていた。

彼らは、好き勝手に生きていた。

――魔女の家の住人たち。

彼らは何の意思も持たない。彼らの話には意味がない。私はもう、彼らの間にまじって笑うこともなかった。

私は、彼らを通り抜けて、廊下の闇へ消えた。

私はエレン。

でも、エレンって、一体誰？


いつだったか、病気の肌をかきむしりながら、考えたことがある。

魔女になる前の私。まるで、一枚絵のように思い出すことができる。薄汚い部屋で、煙を見つめて泣いていたっけ。あの香りを思い出すと、息苦しくなる。あのときの私。なんてかわいそうなの。でも、幸せだったわ。だって、ただ悲しみにくれていればよかったのだから。

大変なのは、それから先を考えたときよ。

愛される未来を、歩く道を用意されたならば、何も考えずにいられる？　どうしても、手にしたくなるでしょう。そうなったら、もう駄目。心の叫びは、魂の欲するものは、どんどんと胸の扉を叩いて、心臓を打ち鳴らす。

私は従った。

私の魂に。

悪魔の指し示すとおりに。

そうしたら、いつの間にか心臓の鼓動はおさまって、代わりに、他の誰かの心臓の音が聞こえてくるようになった。おびえた顔をして、この家に食われていく人たち。

ああ。こうすればよかったのね。

私はうっとりした表情で、薔薇のつたを伸ばす。彼らの首をしめあげて、すべての血をすすりあげる。彼らの心臓が、私の栄養になる。彼らの断末魔を子守唄にして、私の望みは育っていく。


愛されること。それが私の望みだった。

でも、愛って一体何？


私を包みこんでくれる、優しい手？

私に微笑みかけてくれる、屈託《くったく》のない顔？

考えると、泣きたくなった。

長いこと、私は、この家で暮らして、いろんなことを知った。いろんなものを、手に入れてきたように思えた。でも、それらはすべて、私の内側に何も残してくれない。私の身体をすり抜けて、消えていくのだった。

私が欲しいのは、つねにこの身体の中にとどまる、温かいもの。私を満たしてくれる何か。その正体が何かは、わからない。

だって、私はまだ手にしたことがないのだから。

私は、自分の望みを叶えるために生きていた。親鳥が卵を温めるように、大切に大切に、胸にかかえて生きていた。

この家で生きるうちに、エレンという存在は、だんだんと失われていくような気がした。

――私は、エレンという名前の魔女。

そう考えるのが正しいように思えた。

そんなことを考えながら、本の部屋を歩いていたら、本棚に、私の名前が題された本が増えていた。

『Ellen』。だって。

気がはやいなあ。

本を手にとって、ぱらぱらとめくってみる。なんだ、まだ何も書かれていないじゃないの。

なあん。と、低い声が聞こえてきて、足元を見る。

そこには、さっきと違う顔をした黒猫が座っていた。

あら。もう、新しい猫の死骸《しがい》に入ったのね。私は片方の眉をつりあげて挨拶《あいさつ》代わりにする。

本を戻しながら聞く。

「もしかして、前に住んでた魔女についての本も置いてあるの？」

「さあ。あるのかもね」

なんて、黒猫はとぼける。

さっき、毒の水に落とした報復ではないだろう。前の魔女の話になると、黒猫は、いつもあいまいな物言いをして、教えてはくれなかったから。

悪魔にとって、昔の魔女なんて過去のことなんだろう。私も、こいつの過去になるときが来るのかしら。今では、まったく想像できないけれど。

背の高い本棚を見上げる。

この家の本は、とうてい読みきれる気がしなかった。

ここの本は、増えたり、減ったりしているように見えた。

どこかから、仕入れているのかしら。もしかしたら、ここで死んでいった人たちの知識が、本になっているのかもしれなかった。誰かの歴史。誰かの生き方をつづった本。それって、素敵。その人にとっての悲劇も、見る人にとっては喜劇に変わるもの。

でも。

結局、みんなこの家に食べられて終わるのだから、どれも同じ結末よね。

「結末が同じだったら、つまらないの？」

黒猫が聞いてくる。

「そうは言ってないわ。過程は面白いじゃない。それに」

「それに？」

「誰だって最後は死ぬのよ」

そう言ってから、そこに自分が含まれていないことに気づいて、目を伏せた。

動揺してしまった自分がいたことに驚いた。私はまだ、死ねないことを引きずっていたのかしら。

私の動揺に、黒猫が気づいていなければいいけれど。ああ。でも、どうせ気づいてるんだろうな。私の後ろで、笑ってやがる。――怖くてそっちを見れないわ。

私は舌打ちをしたい気分で、本棚の間を抜けた。

そして、べつの話題をさがすように視線をさまよわせて、部屋の隅に座っている少年を見つけた。

いつの頃からか、本の部屋には男の子が住んでいた。

男の子といっていいのかわからない。栗色の髪が顔中をおおいかくしていて、顔は見えなかったから。

彼は、本棚の整理をしたり、床に何冊か本を広げて、何事かをつぶやいていた。その声は、どこかで聞いたことがあるような気がした。

今まで遊んだ友達の声なんて、いちいち覚えていないし、どの声も同じように思えるけれど、その子猫のようにふわふわした髪は、見ているだけで、なぜか心が落ち着くのだった。

ときどき、私は彼の独《ひと》り言《ごと》を聞きに、部屋をおとずれた。少し離れたところの椅子に、頬づえをつきながら座り、その子のことを眺めるのだ。

私の気配に気づいてはいるんだろうけれど。彼は、手元の作業に熱中していて、こちらを見向きもしない。

そういえば、彼の周りには、図鑑や絵本ばかり置いてあるわ。もしかして、字が読めないのかしら？　じゃあ、今度教えてあげようかな。

そう思って、首を横に振る。きっと、彼はそんなことを望んでないから。

あれ。どうして、わかるの？

——思い出せない。

額に手をあてて、考える。けれど、空白な記憶はそのままで、何の取っかかりも浮かんではこないのだった。

私はしばらく考えたあと、あきらめて椅子から立ちあがり、部屋を出た。

大樹のある庭園をおとずれる。

赤い植物たちの姿は、もうそこにはなかった。

なんでも、私に怖い思いをさせたからという理由で、黒猫が、彼女たちをほかの暗い部屋に追いやってしまったらしい。

彼女たちが悪いわけではないのにな。

少しばかり気の毒に思ったが、あの奇妙な形の植物がいなくなったことで、皮肉にも、庭園の景観はよくなったように思えた。

赤い植物が触手を伸ばしていた壁際には、代わりに、薔薇の生垣《いけがき》が植えられている。

その生垣の前を通り過ぎて、私は、石造りの通路へと進んだ。

ひたり。

と、石畳の冷たい感触が、足の裏から伝わる。

――いつだったか、おびえながら歩いていたっけ。どうってことはない。ただの、薄暗い通路だわ。

下を向いて歩きながら、自分がいつもはだしであると思い出す。

そういえば、なぜかしら。靴を履いた記憶が、あまりないから？　履く必要がないから？　実のところ、靴、とりわけ、赤い靴に嫌な思い出があったからなのだけれど、そのときの私は忘れていた。

歩いていくうちに、左側の壁に鉄格子《てつごうし》が並び始めた。

鉄格子の奥に視線をやりながら、この家の住人について考える。

この家の住人は、家に食われた人間の魂の残骸《ざんがい》でできている。

いわゆる、悪魔の食べ残し。パンくずやりんごの芯のようなそれらが、形になって、この家に残る。

この家、つまり、悪魔が食べたものならば、この家で死んだ人間でなくとも、住人として残るのかしら。

そこまで考えて、ある牢屋《ろうや》の前で立ち止まる。

重たい視線を鉄格子の先に向ける。

薄暗い牢屋の奥は、鎖に片腕をつながれた男の人がいた。

顔はよく見えない。

だって私、ろくにお父さんの顔、覚えていないんだもの。

父は、奥の壁に背をあずけて、うつむきがちに座っていた。血色の悪い皮膚に骨が浮き出ていて、とてもやつれているように見える。

彼は何も言わなかった。私が、何も聞きたくなかったんだと思う。彼は、じっと息をひそめて、彫像のように座りこんでいた。

私は、両手で鉄格子をつかんだ。揺らす気も、彼を呼ぶ気もなかった。ただ、何か、自分の気持ちを抑えるために、そうする必要があると感じていた。

そこにいると、息苦しかった。身体が熱くなって、せつなくなるのだった。鉄格子をつかむ手に力が入る。

ふと、足元に何かが落ちていることに気づいた。

――父の喫煙具だ。

拾い上げて、ながめる。

父が、夢を見るために使っていたもの。これがあるから、私を、見てくれなかったんだわ。そう思いたかった自分もいたのかもしれない。

私は、そっと喫煙具を手のひらで包みこんだ。そっとだ。握りつぶそうとは思わなかった。それなのに、喫煙具は、ばらばらと砕けて、砂のつぶになって消えていってしまった。

私は、しばらく手のひらを見つめていたが、やがて、視線だけ牢屋の奥に送り、来た道を戻ろうとした。

そして、踏み出しかけた足を止める。

父の牢屋の隣には、もうひとつ、牢屋があった。

父とは違う、甘い香りのする女の部屋――。

牢屋の中は真っ暗で、何も見えない。鉄格子は、かたく閉ざされていて、開く気配がない。私も開けるつもりもなかった。

その甘い香りを感じるほどに、胸の内に苦い味が広がっていくようだった。

牢屋の前にいるだけで、心をかき乱される気がして、私は足早に立ち去った。

庭園まで戻ると、大樹の下に置かれたベンチに、黒猫が紅茶を用意して座っていた。

そろそろ、お薬の時間だったかな。

私は、何も言わずに黒猫の隣に座った。ティーカップとソーサーを膝元に置いて、紅茶を飲んだ。

ベンチに背をあずけて、高い壁を見上げる。

壁には、たいまつの赤い光がゆらゆらと揺れていた。長い前髪が目にかかって、眉をひそめる。

私は、本当は、生きるはずじゃない時間を生きてる。

私の身体は、どうなってるんだろう。カラスの悪魔に言われるがまま、病気を抑える薬を飲んでいるけれど。どれだけ、進行を止められてるんだろう。醜《みにく》くただれていた足や顔の皮膚は、全身に広がってるんじゃないか。この家の魔法をといてしまえば、あるいは、外に出てしまえば、本当の姿を見られるけれど。

そこまで考えて、身震いする。

――いやだ。そんなの、見たくない。見る必要なんてない。

私がこの家から出るときは、元気になったときでいいんだから。悪魔が、私の願いを叶《かな》えたときで、いいんだから。

悪魔の薬を持つ、私の指先は震えている。

「お客さんだよ」

黒猫の声にふり返ると、もう隣に、黒猫の姿はなかった。

人間が来た合図だ。黒猫はいつも、私が人間を相手にするときには、姿を消していたから。

目を閉じて、魔力の光景を見る。

集中する必要はなかった。まばたきをするほどの一瞬の暗闇で、家に踏み込んだ人間の姿をとらえることができた。

——もう、なんだって、いろんな人が来るの？

私は、恐れずにこの家に来る人間たちにあきれていた。

私は、倒すべき敵であるらしかった。私は、誰かの仇《かたき》であるらしかった。みんな、私を殺すために、森へ来た。私という魔女を殺しに、それぞれ、得意な武器を持って、森の中へ足を踏み入れた。

誘いこむ必要なんてなかった。みんな、私の家にお入りお入り。悪魔がね、口を開けているでしょ。大きく、それは門みたいになっていて。そこにね、ぞろぞろと人が入ってくるの。いろんな決意を秘めながら、かたい信念を持ちながら。でもね、入ったら最後。食べられて終わり。笑っちゃう。

どうして、私を殺そうなんて言うのかな。

どうして、私が殺されるべきだと思うのかな。

私は、聞いてみることにした。襲いかかってきた人の脳みそに。

そしたらね。そう、私は悪なんだって。罪のない人たちを殺すから、悪。たくさん、人を殺すから、悪。だから、殺さなくちゃいけないんだって。

ふうん。私は、自分のしてきたことを考える。そして、自分がこれからするだろうことを考える。そうね。あなたたちから見れば、そうかもしれないわね。

でも、私からすれば、あなたたちが悪だわ。だって、私のお願いごとを邪魔しようとするんだもの。私が叶えたいこと、叶えさせてくれないんだもの。

罪のない人を殺すから、悪？ あなたたちだって、私を殺そうとしてるじゃない。じゃあ、あなたも悪なんじゃないの。

え？ 神の教えに反する？

――面倒くさいな。

私は薔薇のつたで相手の首をしめながら話す。

知ってるよ。悪って、自分にとって嫌なことをする人たちのことを言うんでしょう。それだけだよ。

どういった人間が殺されるべきかなんて、自分勝手に決めてるだけじゃないの。

それなのに、どうして理由をつけたがるのかな。いちいち、善悪で振りわけようとするのかな。

人間だけじゃないの。そんなくだらないことをするのは。

だって、人間以外の生き物は、殺したいときに殺してるよ。それはべつに、食べるために限らない。猫が遊びで虫を殺すこともある。いちいち、理由なんてつけないわ。そうしたいから、そうしてるだけよ。

私も彼らと同じよ。殺したいから、殺すの。あなたは、彼らと何が違うの？　あなたが私を殺したかったのは、あなたがそうしたかったからに違いないのに。

信じればいいわ。あなたたちの神を。

でもね、救ってくれるわけじゃないわ。もし、あなたたちの言う悪に天罰がくだるというのなら、私は、とっくに雷にうたれて死んでいるもの。

私、思うのよ。神様はね、わたしたちを苦しませるために産み落としたんだと思うの。助けてくださいって、自分にすがって生きてくれるように。自分に祈ることを忘れないようにね。

だから、私も、あなたも、こんなに苦しいんだわ。

ねえ、聞いてる？　私はしゃがみこんで語りかけているけど、その人はもう、ぴくりとも動かない。

「なんだか、今日はよく喋《しゃべ》るね」

薔薇の生垣から、黒猫がひょっこりと顔を出して言う。

「そうかな」

私は首をかしげる。

「でも、あまり僕と喋ってくれないよね」

「だって、何を話す必要があるの？」

「なんだっていいじゃないか」

「なんだっていいなら、何も話さなくていいんじゃないの」

私はさっさと話を切り上げようとして、そこから立ち去る。

「もう、待ってよ」

黒猫が生垣から飛び出して、追ってくる。


ふたたび、石造りの通路をおとずれる。

石畳を進んで、父の牢屋の前で立ち止まる。

あとかたもなく砕けた喫煙具は、もとどおりになって、父の手に握られていた。

かすかな甘い香りが、牢屋の外に漂ってくる。彼は、壁際に身を寄せて、静かに煙を吸っていた。それを見て、私は、少しだけ悲しくなった。

隣の牢屋から、女の笑い声が聞こえたような気がした。

私は二度と、そこをおとずれることはなかった。

石畳の上を、唇を噛みしめながら歩く。

私に、思い出を大切にする行為が必要だったかしら。

いつくしむ過去なんて、あったかしら。

――思い出せない。

両親への思いも。本の部屋の少年も。昔の気持ちを、事細かに思い出そうとすると、頭が痛むような気がした。日記を読めば思い出すこともあるけど、次の頁をめくったときには、もう忘れている。

「思い出せないなら、たいしたことじゃないんじゃない？」

いつの間にか、黒猫が足元にからみついてきて、言う。

「余計なことは考えなくていいんだよ。君は魔女。人間を食べて、夢を叶えればいいんだから」

そう。

そうだね。

私は悪魔のささやきにうなずいて、顔をあげる。

私はエレン。森の魔女。病気を治して、愛される身体を手に入れるの。

でも、そう言って、素直に微笑む私は一体、誰なのかしら。


本の部屋の片隅で。

『Ellen』と題された本が、うっすらと光を帯びて、文字が刻まれていく。


魔女は聞く。

「ねえ、あとどれぐらいなの？」

「もう少しかなあ」

悪魔は答える。

4

その日まで、私は、家の外に出ることはなかった。

もちろん、自分から、魔女の家の魔法をとくこともなかった。

この家で、自由に動き回れなくなるからじゃない。

自分の本当の姿を見たくなかったからだ。

病気が進行してしまった身体を見て、自分の心がどれだけ傷つくか、想像できなかったからだ。

悪魔の薬で病気を抑えても、完全には止められない。元の身体は、醜くなっているに違いなかった。そんな姿は、恐ろしくて、確かめられなかった。赤くただれた皮膚は、思い出すだけで、私を泣かせたから。


それなのに、どうして、家の外に出てしまったのかって？

きっと、油断してたのね。


森に白い霧がたちこめる早朝だった。

ある男が、ひと振りの長剣をたずさえて、家にやって来た。

私は、男を部屋まで招きいれた。何か特別な剣だったのだろうか。男に斬りつけられ、私の身体は窓の外へ投げ出された。

——家の魔法は、魔女が家の外に出ればとける。

落下する瞬間、時間の流れがゆっくりに感じられた。飛び散るガラスの破片が、止まって見えた。「あーあ」と言う黒猫の声を、聞いたような気がした。

私の身体は、庭の薔薇にやさしく受け止められたけれど、そのまま地面に倒れこんでしまい、起き上がる力が出てこなかった。

私を取り巻いていた、家の魔力が消えた。

着こんでいた服を一気にひき剝がされて、雪の上に放り出されたような気分だった。

男は、私のあとを追って、窓から飛び下りてきた。

私の這《は》いずる姿を見て、うろたえていた。終始、私を警戒して、剣を向けていたけれど、驚いているように見えた。

私だって、驚いていた。真っ赤な地割れのような皮膚が、身体中に広がっていて、スカートからのぞく足は、肉が腐り落ちて、白い骨がのぞいていた。ぞわぞわと、悪寒が背中をのぼってきて、喉《のど》が渇いた。

嘘でしょう。これが私？

庭の薔薇は、私の身体を守るように覆っていたけれど、私が魔力を出せなければ、なんの意味もなかった。地面に這いずるしかない私は、男の目に、皮膚がただれきった醜い少女に見えただろう。

病気の姿の自分は、過去を思い出させた。

私を見ない父。私を捨てようとした母。そして、私から逃げていく人たち。くずれ落ちる皮膚は、愛されないことの証明。ああ。見たくなかった。こんな男にすら、見られたくもなかった。赤い枝のような手で、地面をえぐるようにつかむ。目頭に熱いものがのぼってくる。

男の瞳の中で、真っ赤な少女が泣き始めた。

泣くことで、同情をひこうと考えたわけじゃない。目の前の男は、そんなもので心を乱されないやつだとわかっていた。私はただ、悲しくて泣いた。目の前の男を、ひどいやつだと思って、ただ、泣いた。

男は、勝利を確信して長剣を振りかざした。

きらりと光る刃先がまぶしくて目を細める。

どうして、私のじゃまをするの。どうして、私にひどいことするの。私に、つらいことを思い出させるの。私は、病気なのに。苦しんでるのに。あなたたちは、私に食べられるために存在していればいいのに。

――私のために、死んでればいいのに。

男の剣が振り下ろされ、私の首が飛ぶ。ぐるりと、私の眼球が反転する。ああ。もう。そんなことをしても、無駄なのに。


それからのことは、よく覚えていない。

目を覚ますと、私は自分の部屋のベッドに仰向けに寝ていた。

部屋の壁はほのかに橙色《だいだいいろ》に染まっていて、開け放たれた窓から、夕暮れどきの澄んだ空気が流れこんでいた。

つぎめのない首すじを確認して、それでも、今まで起こったことが夢だとは思わなかった。

ええと。何をしていたのだっけ。

確か、男に首を切り飛ばされたような気がするけれど。悪魔に首をくっつけてもらった記憶がない。

ここに寝ているということは、ふたたび魔女の家の魔法を使って、この部屋に戻ってきたはずだけれど。

「大変だったねえ」

黒猫が、のんびりと言うのが聞こえる。

起き上がろうとして、痛みに身をこわばらせる。

痛み？　なぜ？　頭が割れるように痛い。それだけじゃない。じんじんと、足が毛布の中で痛みと熱を発している。

この家の魔法に守られていれば、肉体の痛みなんて感じるはずがないのに。

とりあえず、悪魔の薬を要求する。すぐに、目の前に湯気の立つ紅茶が提供された。

一気に紅茶を飲み干して、一息つく。それでも、心は落ち着かない。とても、気分が悪い。

こめかみの辺りを押さえながら、今まで何をしていたか思い出そうとすると、黒猫が言った。

「彼なら、帰ったよ」

「帰った？」

「君を殺したと勘違いしてね。覚えてないの？」

私は考えるように視線を上に向ける。

そうだ。私は、彼を追い払った。何か魔法を使って。でも、どんな魔法を使ったのだっけ。思い出せない。たった今使った魔法も忘れてしまうなんて、忘れやすいどころじゃない。

「彼が帰ったら、しばらくここには人は近づかないんじゃないかなあ」

「どうして？」

「どうしてって？　君が、そうしたんじゃないの」

「覚えてないもん」

黒猫は低く笑った。

「本当に君は、何も考えてないのにどうしてできるの？」

そんなこと言ったって、思い出せないんだもの。私は、怒ればいいのか、笑えばいいのかわからない。

とにかく、追い払えたのならなんでもいい。

私は、疲れていた。痛みが引いていくのを待って、毛布を身体に巻きつけるようにして横になった。

だけど、変なの。

どれだけ待っても、痛みが引かない。身体中が熱くて、頭痛がする。まるで、病気の皮膚をさらして、まだ、家の外に転がっている気分だった。

おかしい。どうして？　首を切られたからではないでしょう。だって、魔女の身体は、どれだけ傷ついても元に戻るのだから。

仰向けになって、天井の模様を見る。

視界がぼやけて、美しい模様が、蛇の踊りに見えてくる。面白い。そんな風に思って、こみあげてきたのは、笑いじゃなくて吐き気。

喉の奥から舌が押し出されるような不快感に、たまらず起きあがる。身体を丸めて、げほげほと咳きこむ。汗ばむ手でシーツをつかんだ。

——汗？　私は手のひらを見た。

魔法の姿でいられる私に、汗なんて、かく必要があるのかしら。どうして、どうして、私の身体は壊れる手前なのかしら。

それから数日間、私はベッドの中でうめいていた。

悪魔の薬は、効いているのかわからなかった。私の容態でもみてくれればいいのに、こういうときに限って、カラスの悪魔も訪れてはこない。

私は、思い出していた。

真っ赤にただれた自分の皮膚を。本当の姿を見たときのことを。あのときのことを思い出すと、心が冷えた。

あのとき、私はいくぶんか、心を失ったのではないか。今まで目をそらしていた私の姿を見せつけられたとき、私の魂は削られて、病気を悪化させてしまったのではないか。

魔女の身体は、どれだけ傷ついても元に戻る。

——傷つくならば、心のほうなんじゃないか。

その思いつきは、どことなく真実をかいま見たような気がして、私の目は少しだけ覚めた。

ぬるい陽射しが射しこむ午後。

私は、ベッドの中でじっとりと汗をかいていた。陶器のような額に、長い前髪が張りついている。どれだけ健康な姿に見えても、私の中身は、ぐちゃぐちゃに腐った肉の塊だと思った。

「ねえ」

私の口は、考える前に動いていた。黒猫がどこにいるかなんて確認もせずに、ただ聞いていた。

「魔女が死なないって、嘘でしょう」

答えは返ってこなかった。でも、沈黙という答えが返ってきたように思えた。黒猫は聞いている。私の話を。

私は、うわごとのように続けた。

「私ね、見た気がするの。消えそうな私を。あのとき。何かを、持っていかれた気がしたの。……あのままの気持ちが続いていけば、私は終わる。そう思ったの。こんなのが、永遠に続くなんて、嘘でしょう」

「それは」

黒猫の声が聞こえた。いつの間にか、私の顔に影ができていた。枕元に座って、黒猫がこちらを見下ろしていた。

「そうであって欲しいっていう、君の願望じゃないの？」

願望？　死んでしまえばいいのにって？　この苦しみが終わればいいんじゃないのかって？

ふざけるなよ。

私は鼻で笑おうとしたけれど、変な息が出るだけだった。

「君は、本当に死にたいと思ってないから、死ねないんだよ」

そんなことを言うから。

私はしばらく考えて、黒猫を見た。

――魔女が死ぬには、死にたいと思えばいいの？

数百年も知らなかったこと。もしかして今、私は秘密の扉に手をかけている。そしてそれを、黒猫は許している。

「死ねるの？」

「死ねるよ。ただし、条件があるけどね」

黒猫はそう言って、どこから取り出してきたのか、私の目の前に小さな瓶《びん》を転がした。

「絶望すること。それが魔女の死ぬ条件だよ」

私は、飴《あめ》色に光る小さなガラス瓶を見た。

「何これ？」

「君にとっての絶望さ」

私は小瓶から視線を離さないまま、ゆっくりと起き上がった。ベッドの上に転がっていたのは、可愛らしい装飾がほどこされた小瓶だった。

こんなもので、私が死ぬっていうの？

私は疑いのまなざしを向けて、そして、どこかおびえながら、小瓶を手に取った。

予感は、少なからずあった。

初めて見る小瓶。だけど、その色、装飾は、一人の人物を連想させていた。

小瓶を鼻に近づける。

かすかな甘い匂いを感じたとき、私の中の予感は確信に変わった。

驚いて黒猫を見る。その目は丸く見開かれていた。

私は怒りを感じていた。

怒り？　何に対して？

こんなものが、私を死なせるほどの力を持つという事実に？　すべてを見透かしていると言わんばかりの黒猫に？

私は、細く長い息を吐いた。たかぶる気持ちを落ち着けるように。

そんな動物的な動作をしたのは、久しぶりだった。最近の私は、ずいぶんと人間に近い動きをしている気がする。これはやっぱり、私が弱ってきている証拠なのかしら。

言いたくない。形にしたくない。

でも――。と、私は視線を瓶に戻した。


小瓶の中身は、母の甘い香りだった。


お菓子作りをしていた母が、つねにまとっていた香り。母の短く切られた爪から、漂っていた香り。母の胸に抱かれて安心していた香り。父をまどわしていた、あの女の、香り。

私を殺せる鍵は、母だっていうの。笑わせないでよ。私は、母が私を捨てようとしたことを、まだ引きずっているっていうの。認めないわ。

母は、私の中で完全に葬《ほうむ》り去った。記憶の中で、静かに微笑む母はいない。母という名の絵画は、ずたずたに引き裂いて、血の絵の具をぶちまけてやったのだから。

だから私は、こんなもので死ぬとは思えなかった。

でも、黒猫が嘘を言うとも思えなかった。

私は、手に汗をかいた。

それで、私はどうしたと思う。瓶の蓋《ふた》に手をかけて、少し、ゆるめてしまったの。汗をかいていたから、すべったの？　こんなもので本当に死ぬかどうか、試したかったの？わからない。すべては、無意識のこと。蓋は、わずかに開かれた。

その直後だった。

甘い香りが、鼻先につくかつかないかのとき。

死神の大きな鎌が、刃先をこちらに向けて、首すじにぴたりと当てられるのを見た。たとえでなく、本当に。真っ黒で鋭い刃先が、私の首を真横にとらえていた。すっ、と引けば、首がぱっくり裂ける。そんなことがすぐに想像できた。

私は全身の血が凍りつく思いで、あわてて蓋をしめた。かたく、これでもかというぐらいしめつけて、放り投げた。小瓶は、壁にぶつかり、音をたてて転がった。きゃしゃな作りのくせに、小瓶は壊れることもなく、からんからん、と小気味良い音をたてて転がった。転がるたびに、小瓶の装飾が光を反射して、綺麗だなと思ったけれど、私の気分は最悪だった。

それは、確実な死の予感。男に首を切られたときなんかが、遊びに思えるぐらいの。それは、すべての終わり。私が消えてなくなること。あの小瓶は、そのことを容赦《ようしゃ》なく告げるものだった。

死にたくない。

だって、私はまだ、望みを叶えていない。まだ、誰にも愛されていない。誰も、愛していない――。

死を目前にして、生への執着が色濃くあらわれてきたようだった。

叫びだしそうになった身体は、のんきな黒猫の声でさえぎられた。

「もう、投げなくてもいいじゃないか」

黒猫はぶつぶつ文句を言いながら、小瓶を拾いにベッドから下りた。口にくわえてきて、もう一度、私の手元に転がす。

私は、すっかり力をなくして、ベッドに倒れこんだ。

叫ぶ代わりに、私は泣いた。

泣いたというより、勝手に涙があふれてくるのだった。

涙は頬をつたって落ち、枕をぬらした。やがてその水は、ベッドを通り抜けて、床に届き、家全体に広がっていった。

この家は、私が泣いているのを知って、ゆりかごのように、私の背中をやさしく包んであやしている。この家は、相変わらず私の味方だ。そうでないのは、目の前の一点。黒猫だけだ。

泣くことで、私の心はだんだん落ち着いていくようだった。

黒猫は私を見下ろしていた。

黒猫の足元で、飴色の小瓶がつやつやと光っている。

「死ぬ？」

まるで、ご飯食べる？　とでも聞くような調子で、聞いてきた。

「死なないよ」

私は笑った。

目は涙で濡れていたから、嬉し泣きしているように見えただろう。実際、嬉しかったのかもしれない。

いつでも死ねるということ。それは、ずいぶんと私の心を楽にさせた。

悪魔って、意外と良心的だなと思った。だって、死ぬことを選べない人たちだっているのだから。

黒猫は、私が死んでも、死ななくても、どちらでもよかったのだと思う。

だって、黒猫はにやにや笑っていたから。

よだれをたらして、私を見下ろしていたから。

ああ。そういえば、こいつは、悪魔なんだっけ。私の魂だって、こいつにとっては、食料のひとつに過ぎないんだわ。

　そんなことを、いまさら、思い出して。


　私は小瓶をきつくにぎりしめて、ベッドから下りた。

　傷ついた身体は重かったけれど、心は軽かった。

　部屋を出て、いくつかの階段を下りる。下へ。下へ。たどりついたのは、薬品倉庫へと続く道。

　廊下に流していたはずの毒の水が、透明になっていた。

　足首がひたるほどの水を、ばしゃばしゃと、音をたてて歩く。冷たくも、熱くもない。体温と同じ水。きっと、さっき私が流した涙で、毒素が洗い流されてしまったのだろう。なんて、考える。

　重い扉を押し開けて、薬品倉庫へと入る。

　棚が一つ、増えていた。この小瓶をしまうための棚だろう。

　私は、小瓶を棚の奥に押しこんで、戸をしめた。ガラス戸にうつる自分の姿を見る。右肩には、そしらぬ顔で黒猫がのっている。

　黒猫を横目で見る。

　――絶望することが、魔女が死ぬ鍵だなんて。

どうして、今まで教えなかったの。教えたら、私の心が折れると思ったの。私が聞かなかったから、教えなかったの。まさか、長い間をともに過ごして、信頼関係が深まったからというわけでもないだろうに。

わからない。こいつの考えを知ろうとしても無駄なことだ。そのことに、私はとうの昔に気づいている。

私は、今まで隠し事をされていたことに、単純に腹をたてる気持ちで言った。

「私、お前のこと嫌いだわ」

「そう？　僕は好きだよ」

薬品倉庫からの帰り道。

廊下に流れる涙の川を、素足でかきわけながら進む。その後ろを、数歩遅れて黒猫がついてくる。

私は振り返らずに、たずねた。

「……前に住んでた人は、死んじゃったの？」

魔女も死んでしまうということを知って、気にかかった。

この家に住んでいた魔女。

勝手に、幸せになったんだろうと想像していたけれど、願いを叶えられずに、死んでしまったこともありうると思った。

今まで、黒猫は、前の魔女に関して何も話してくれなかったが、魔女の死について明らかにしてしまった今なら、答えてくれるような気がした。

「生きてるよ」

黒猫はあっさりと言った。私は安心した。その答えだけでじゅうぶんだったのだが、黒猫は話を続けたがっていた。

「彼女はね。やめられなくなっちゃったんだよ」

何を？

首だけ振り向いて、目で問いかける。

「この家で人を殺すこと」

私は表情を変えなかった。

それでも興味を持ったことが伝わったのだろう。黒猫は、もったいぶるように間を置いてから、続けた。

「この家で人を殺すことの恍惚《こうこつ》感にとりつかれて、この家から離れられなくなっちゃったんだよ。もともと、そんな望みなんて持ってなかったんだけどね。まあ、持ってなかったってのが、まずかったのかな。彼女のことも、嫌いじゃなかったけれど、僕にはもう、手に負えなくてね。彼女の望みを叶えてあげたよ。彼女は、ずっとここにいたいって言うからさ。だから、君がこの家に来てくれて、彼女は喜んでたよ。君みたいな魔女が住めば、彼女も、生き返るからね。——気づいてた？　彼女は、君のこと、ずいぶんと気にいってたよ。君も、彼女みたいになっちゃうんじゃないかなって、心配したこともあったけど、そんなことはなかったね」

「……彼女は」

——ぱしゃ。

私は足を止めて、高い天井をぐるりと見渡した。

この家のことを思い出した。私の魔法であり、私の身体の一部であり、とても親切に、そしてときどき意思があるように、私を見守ってくれる家。

私は唇をしめらせてから、言った。

「魔法になったのね」

「そ」

そう言って、黒猫は満足そうに尻尾を揺らした。

どこかから、私ではない、女の子の無邪気な笑い声が聞こえたような気がした。

あとどれぐらいなの？　と、聞くことはもうやめた。

5

森には平和がおとずれた。

なんて言ったら変かしら。

黒猫の言ったとおり、私の首を斬った男が帰ってから、この森を訪れる人間が減った。

この前まで、森の外はあれだけ騒がしかったのに、今では、私の噂話をする人もいなくなった。

魔女を殺したという勘違いの噂でも、広まったんだろうか。

わざわざ、私を狙って森に来る人間はいなくなった。

森には、狩猟《しゅりょう》や採集をする者、遊びに来る子ども、そしてときどき、森を通る者や迷い人が訪れた。

私は、うとうとしながら、気まぐれに彼らを食べた。うとうとね。ぐっすり眠ることはできなかったわ。病気が悪化してしまってから、耳鳴りが聞こえるようになって、ちっとも眠らせてくれなかったから。

魔女の家の魔法に守られていても、私はずっとベッドで寝ているようになった。ベッドに戻るのが面倒なときは、冷たい廊下にへばりついていることもあった。

そうやって、私は獲物が来るのを待った。


カラスの悪魔は、これ以上、私の病気の進行を抑えることは難しいと言った。

私の心が、傷ついてしまったからだろう。

お医者さんに、お手上げだと宣告された患者のような立場なのだろうか。私はべつに落ちこまなかった。私が治らない病気だっていうことは、ずっと昔から知っていたのだし。

そっか。私は笑った。

そのときの、カラスの私を見る目。同情していたのか、あきれていたのか、わからない。カラスは、いつものように悪態をついて、薬を置いて帰っていった。私は、すぐに窓を閉めたりすることはせずに、部屋に舞う、カラスがばら撒いていった羽を、ぼんやりと眺めていた。

いつになったらこの家は、満腹になるのかな。

いつになったら黒猫は、病気が治る魔法をくれるのかな。

そんなことを考えるのも、もうやめた。

私があきらめない限り、きっと、到達する数だから。

耳元で誰かが叫んでいる。目の奥には針が突き刺さっている。足には猛獣の牙が食いこんで、つま先からねずみにかじられているみたい。

もう、そんなに暴れないでよ。うるさいな。たぶん、痛いというのでしょう。こんなの、本当に身体が痛いわけじゃないわ。傷ついた心が、勝手に私に夢を見せているだけなんだから。

本当は、叫び出したかった。泣きわめきたかった。

でも、誰にも届かない叫びに、何の意味があるのかしら。見てくれる人のない涙に、何の意味があるのかしら。

視界はぼやけて、何重にもなる。天井が、ぐるぐる、回ってる。

手を伸ばせば、誰かに、夢の世界に引っぱり上げてもらえるような気がした。でも、そんなのは錯覚で、私の腕は、糸が切れた人形のようにがくりと落ちる。私はそのまま、苦痛の海に沈むの。

ベッドに埋もれながら、ここに来たばかりの頃を思い出す。

陽だまりの空気に包まれて、眠りたくなっていたあの日。

森の空気は、あの頃から変わらなかった。

でも、時代は大きく変わっていた。

人々の服装は、ずいぶんと整い、清潔になった。昔ほど、飢えた表情の子どもはいなくなった。弓をたずさえて動物を狩っていた人々は、代わりに、長い筒を持って狩るようになった。

あんなので、武器になるのかな。

そう思ったら、狩人は、鳥に狙いをつけて、大きな音とともに倒してしまった。

わあ、すごい。面白い武器ね。それ、ちょっと、見せてよ。

私は、野うさぎなんかを出現させて、狩人を走らせる。

狩人を食べて、少しだけ元気になる。起き上がって、狩人の武器をまじまじとながめる。銃っていうらしい。筒の先から細かい弾が飛び出して、獲物の身体を壊すのね。

ふうん。といって、黒猫に向けて構える。

黒猫は、わあっ、と飛びのいちゃって。

くすくす。冗談よ。

ひとしきり笑ったあと、部屋がしいんと静まり返ったのを感じて、ふたたび私は、ベッドに沈んだ。

この家は、動けない。胃袋に、人間の骨がたまっていて、お腹が重くて、動けない。

私も同じ。全身に重りをつけられて、海の底に沈められたみたい。それなのに、この家はまだ食べたいみたいで、もっと、もっと、と言っている。しょうがないなあ。私は目を閉じて、魔力の光景を見る。

こうしてベッドに磔《はりつけ》になっている今も、自由に家を歩き回っていた昔も、この家が、私の牢獄であることに変わりはない。

——私は囚《とら》われていた。この家に。

とげだらけの薔薇のつたで、両手両足を縛られて、身動きができずにいた。

でも、そうなることを望んだのは私。

いつだったか、私はここではないみすぼらしい家で、包帯という鎖につながれることを望んでいた。私は、そうするのが好きだったのかもしれない。何かに縛りつけられて、あきらめているのが楽だったのかもしれない。

でも、今の私は違う。

私は、囚人であると同時に、看守でもある。自分を閉じこめたままにすることもできるし、逃げ出させることもできる。身体を束縛する薔薇のつたは、同時に、侵入者の胸をつらぬく武器になる。

すべては、私の意思のもとにある。

私は、闇の中の獣。満月と同じ色に瞳を光らせて、牙をむく獣。私は、積み上げられた死体の山のてっぺんにいて、口や手を赤く染めている。

私の首には縄がかかっていて、いつでも死刑執行の準備が整っている。だけど、その縄はふわふわしていて、よく確かめてみると、黒猫の尻尾が巻きついているだけなのだ。


それから、どれぐらいの時を過ごしただろう。

いくつもの春が来て、夏が来て、秋が来て、冬が来た。


森の世界は、平和だった。

私はほとんど、ベッドに寝て過ごしていた。

私は、食虫植物みたいに口を開けて、獲物が来るのを待っていた。誰かが来たら、ぱくんと口を閉じて、ぐちゃぐちゃと咀嚼《そしゃく》する。ゆっくりと、栄養がいきわたったのを確認したら、また、口を開ける。

その日も、いつものように獲物を捕らえて、口を閉じていた。そうしたら、その口をこじあけて、黒猫が言うの。

「おめでとう。エレン。魔法をあげる」


私は、ゆっくりと目を開けた。

もう、長いこと、目を閉じ続けていた私は、まぶたが張りついてしまって、開くのにかなり時間がかかった。

ここはどこ？　魔力の光景ではない。ここは、私の部屋。そして、私の顔をのぞきこんでいるのは、陽の光を受けててらてらと光る、美しい毛並みの黒猫。

「病気を治す魔法をあげるよ」

黒猫の言葉が、数秒遅れて、私の耳に届く。

病気を治す。

その言葉を理解したとき、頭の中で、祝福の鐘が鳴った。午後の陽射しが金色の粉になって、私のもとへ、きらきらと舞い落ちるのを見た。

「この魔法はね――」

黒猫の言葉が、まるで賛美歌のように聞こえる。

うつろだった私の瞳は、みるみるうちに光を取り戻していく。

金色に輝く私の瞳は、黒猫の身体をすりぬけて、はるか彼方を見ていた。わずかな魔力でとらえた光景。この家を出て、薔薇の咲く庭を抜けた、森の中。さわさわと、緑の木々が風に揺れている。

——そして、私は見つけた。

金色の髪を三つ編みにした、一人の少女を。

第四章 愛された少女

1

女の子が　遊びに来た
金色の髪を三つ編みにした　可愛い女の子

——森の奥に近づいてはいけない。

昔から、そう父に言い聞かせられてきた。

村の大人たちも、みな口をそろえて同じことを言うので、森に遊びに行く子どもへの、決まり文句だと思っていた。

風が吹いて、私の金髪の三つ編みと、スカートを揺らす。

前髪を押さえながら、空を見上げる。頭上には、緑の枝葉が折り重なって、その隙間《すきま》からうっすらと青空が見えた。

暑い夏の昼下がり。

その日、私は、森の中にいた。

私の住む村の近くには、広大な森があった。

年中、豊かな実りをもたらす森は、村の人々に重宝されてきた。森で花を摘むのが好きだった私にとっても、慣れ親しんだ遊び場だった。

履《は》きなれた革靴で、ぱきり、と木の枝を踏み折る。

私は、もやもやした気分で森の中を歩いていた。

森で遊んでくる。そう、何気なく言った私の背中に、お父さんは、またあの言葉を投げつけてきたのだ。

森の奥には近づくな、と。

父も、何気なく言った一言だったと思う。私も、いつもは聞き流していた。でも、その日はなぜだろう。父の言葉が頭をよぎって、胸がつかえるのだった。

私も、もう十三。

森の中で迷うと思ってるのかしら。

猟師《りょうし》の父は、いつも森に出かけてる。野草を採りに行く大人たちだっている。彼らが、森の奥に行かないわけがないのに。どうして、私たちには行くなというのだろう。ぜんぜん、自由じゃないわ。

そんな気持ちで足を進めていたら、いつもよりも奥へ足を踏み入れていた。

少しためらったが、帰り道はわかっていた。私はそのまま、歩き続けた。

人があまり通らない場所なのか、背の高い草が伸びきっている。

そのうちに歩き疲れて、手ごろな倒木を見つけて腰かける。

倒木の周りには、小さな白い花が広がっていた。その可憐《かれん》な花をながめながら、思う。

私の名前――ヴィオラも、花の名前。

今は季節じゃないから、見られないけれど。

花は好き。ながめているだけで、あっという間に時間が過ぎ去ってしまう。

心地よい風が吹いて、私の髪を揺らす。こうして、じっとしていると、自分も、風に揺られる花のようになった気がしてくる。

しいんと静まった森の中。

心地よさに目を閉じかけた
――そのとき。


がさがさっ。

突然、後ろの茂みから物音がして、私は飛びあがらんばかりに驚いた。振り返る、その一瞬の間に、森の奥には近づくなという、父の言葉が頭をよぎった。

獣だったらどうしよう。でも、こんな浅い森の中に獣なんているはずない。

冷や汗をかきながらそんなことを考えて、私が見たのは、

なあん。


と、間の抜けた低い声で鳴く、一匹の黒猫だった。

長い尻尾《しっぽ》を揺らして、金色の瞳で私を見ている。

私は一瞬息を止めたあと、深いため息をついた。

「なんだ……」

それから、動転した自分がおかしくなって、くすりと笑う。

「おいで」

しゃがみこんで、手招きをする。黒猫は、そっけなく背を向けたので、あわてて立ち上がった。逃げられたと思ったのだけれど、そうじゃなかった。黒猫は、まだ、私の目の届くところをゆっくりと歩き、私のほうを振り返り、また鳴いた。

私はその場で目をしばたたかせた。

ついてこいって……？

まさかとは思ったけれど、そんなことを言っているように思えた。

猫に誘われて夢の世界へ、なんて考えたわけではないけれど、私の足は、自然と黒猫のあとを追っていた。

黒猫は茂みに入り、私の知らない道を行こうとしていた。

もしかしたら、このまま、森の奥に入ってしまうかもしれない――。

私は迷った。でも、一瞬だけだった。黒猫の姿を見失ってしまうかもしれないというあせりから、私は、茂みの中へと飛びこんでいた。

黒猫の後ろを、ついて歩く。茂みの先には、人一人がぎりぎり歩けるような幅の道が続いていた。ゆるやかな斜面を登ったり下ったりして、しばらくすると、ひらけた場所に出た。

そこは、小さな花畑だった。

つりがね状の赤い花と青い花が、織り交ざって咲いている。

こんな場所があったんだ。私は、花畑の発見に喜んだ。花を摘《つ》もうとしゃがみこむと、黒猫が、私を呼ぶように鳴いた。

顔をあげると、黒猫は、木々の間に座ってこちらを見ていた。この先にも道が続いているようだった。

黒猫は、私が立ち上がるのも待たずに、さっさと奥に進んでいった。

「ま、待って」

思わず声をあげたが、そんな言葉で呼び止められるはずもない。私は急いで立ち上がり、名残惜《なごりお》しい気持ちで花畑をあとにした。

黒猫のあとを追って、木々の間の道を抜ける。

そこにあらわれたのは、

「わあ……」

真っ赤に咲き乱れる、薔薇の庭だった。

思わず、ため息がこぼれる。

目の前に一本、道が伸びている。その道を飾るように、薔薇が咲いていた。薔薇だけでない。いろんな種類の花が咲いていた。道の終わりには一軒の屋敷があった。

本当に、夢の世界に迷いこんでしまったんじゃないかと思えた。

黒猫のあとをついて、屋敷の前まで歩く。

大きな二階建ての屋敷を見上げる。薄暗い色の石壁に、赤い色の屋根が映える。窓辺には、花の鉢植えが飾られていた。その家は、周囲を木々に取り囲まれ、隠されるように建っていた。

黒猫は、玄関の扉から、するりと中へ入っていった。もともと、開いていたのだろうか。扉は閉めきらずに、わずかな隙間を残している。

私は、薔薇の香りに背中を押されるように、黒猫に誘われるように、玄関の扉を開いた。

「こんにちは……」

おそるおそる声をかけてみる。返事はなかった。一歩、足を踏み入れて、桃色の絨毯《じゆうたん》を踏む。家の中は、ほんのりと薄暗い。みがきぬかれた机の上に、真っ赤な薔薇が飾られている。空き家ではなさそうだ。

突然、目の前を横切る影があった。

驚いて身をこわばらせると、それは黒猫だった。

私はため息をついた。

「もう、おどかさないでよ」

黒猫は、私と目が合ったのを確認すると、からかうように尻尾を揺らして、奥の通路へ進んでいった。

私は、黒猫のあとを追った。

いくつかの部屋を通り過ぎる。厨房《ちゆうぼう》の前を横切る。火にかかった鍋が、ことことと煮立っていた。それなのに、誰の姿も見えない。不思議に思いながらも、黒猫のあとを追って、階段をのぼった。

二階に上がると、一本の廊下が続いていた。明るい光が窓から射しこんで、花瓶の薔薇を照らしている。

廊下の突き当たりには、扉がひとつだけあった。黒猫は、扉の前で立ち止まると、足をまとめて座り、こちらを見上げた。

開けてごらん。と、そんなことを言っているような気がした。

この先に、誰かが待っているのだろうか。

私は不安と、少しばかりの期待を胸に、扉の取っ手に手をかけて、押し広げた。

そこは、小さな部屋だった。

正面の壁にはめこまれた窓から、ぼんやりとした光が射し込んで、部屋の中央に置かれたベッドを照らしていた。

黒猫は、私の足元から飛び出して、窓のへりに飛び乗った。そして、案内はここで終わりだとでも言いたげに、くつろぎはじめた。

両手をお腹の前で握り合わせて、花柄模様の床をそろそろと歩く。

ベッドには、小さな女の子が眠っていた。

足音を立てないように、ベッドの脇に回りこむ。女の子の顔を見て、思わず、組んでいた両手を口にあてた。

女の子は、薄紫色の長い髪に、赤いリボンをつけていた。けれど、女の子の顔は、ほとんど、包帯に覆われていた。包帯はところどころ赤黒くにじんで、覆えない部分からは、赤く剝《は》がれた皮膚がのぞいていた。細い首には、血管がくっきりと浮かび上がっていて、シーツに覆い隠されている身体も、瘦《や》せ細っているに違いなかった。

そんな彼女の姿を見て、逃げ出そうとは思わなかったのは、彼女の薄紫色の髪の毛だけはつややかで、美しかったからだ。

ぱたん。

急に、扉の閉まる音がして、私はどきりとして振り向いた。誰かが入ってきたと思ったのだが、違った。閉まりきっていなかった扉が、今、閉まったのだ。

私はほっとして、再びベッドの上の女の子を見やった。

そして、息をのんだ。

女の子が、目を見開いてこちらを見上げていた。

今の音で目覚めたのだろうか。女の子は、ゆっくりとまばたきをした。長い睫毛にふちどられた金色の瞳が、私の顔をながめ回した。

「おねえちゃん……だあれ？」

女の子は、鈴を振るような声で、けれど、少しかすれた声でつぶやいた。そのかすれ声は、寝起きだったからなのか、長いこと、言葉を発することがなかったからなのか、そのどれでもあるような気がした。

私は、あせった。勝手に家の中に入ってしまった後ろめたさだけじゃなかった。彼女の

瞳に見つめられて、緊張してしまったんだ。私は、彼女から目をそらすことができずに、答えた。

「私……、私はヴィオラ」

「ヴィオラちゃん……」

女の子は、確認するように、私の名前を口の中でつぶやいていた。

唇はひび割れていて、とても血色が悪い。

しばらくの間を置いて、女の子は聞いた。

「私のこと、怖くないの？」

「怖くないよ」

私はとっさにそう答えて、けれど、言葉の終わりは震えていた。

彼女の皮膚は、包帯で隠れているとはいえ、覆いきれない赤黒い皮膚から、その内側の色が容易に想像できた。彼女が、普通の状態じゃないことは明らかだった。でも、目の前に力なく横たわっているのは、ただの女の子だ。気味が悪いと顔をそむけるのは、簡単だった。でもそれは、とても可哀想なことだと思った。

私は、自分の言葉が真実だと証明するために、床にひざをついて、彼女と同じ目線になった。彼女は、私の動きを追って、首をかたむける。その拍子に、薄紫色の前髪がはらりと落ちた。

私が微笑《ほほえ》んでみせると、女の子も、安心したように唇《くちびる》のはしをあげて微笑んだ。その皮膚の動きは痛々しく、私の胸も痛んだ。

この子は、ひどい火傷を負っているのだろうか。それとも、皮膚の病気なのだろうか。私がたずねられずにいると、女の子は、私の考えを読んだかのように言った。

「私、病気なの」

女の子は、私から視線をはずして、つぶやいた。

「病気だから、ここで寝てるの。ずっと、ここにいるの。ここに来た人、お医者さん以外に、ヴィオラちゃんが、初めて。だから、私、びっくりしちゃった」

消え入るような、か細い声だった。

私は、何か声をかけなければならないと思った。でも、なんと言い出せばよいのかわからない。

女の子は、するりと、シーツから手を出した。指の一本一本に、丁寧に包帯が巻かれている。震える手は、私に向かって伸ばされている。私は、大事なものを受け取るときのように、彼女の手を握った。

「私、エレン。私と……」

彼女の手から肩、首へ視線をのぼらせ、私は、彼女——エレンの泣きそうな瞳と出会った。

「友達になってくれる?」

うなずかないはずがなかった。

病気の少女――エレンは、森の中に建てられたこの家で、療養しているらしかった。彼女の世話をする人たちも一緒に住んでいるらしい。家族、ではないらしい。彼女の口ぶりからして、その人たちのことはあまり好きではないように感じた。

彼女の具合が悪そうだったので、その日は、少しだけおしゃべりをして、帰ることにした。また遊びに来ると約束をすると、彼女は目を輝かせて、微笑んだ。

廊下を通って、一階に下りる。

厨房を通ると、さっきまで煮えていた鍋の火は止まっていた。

やっぱり、誰かいるんだ。彼女の言っていた、お医者さんだろうか。

そう思って、人影を探したけれど、なぜか、見つけることはできなかった。

「おじゃましました」

誰にともなくつぶやいて、玄関を出た。

薔薇の庭を抜けてしばらく歩いていくと、あっという間に見覚えのある道に出た。振り返ってみても、緑の森が続くばかりで、何も見えなかった。

あの家は、本当にあったのだろうか。

あの子は、本当にいたのだろうか。

そんな風にさえ思えてくる。

森を抜けて、ならされた平らな道に出る。いつの間にか、陽が沈みかけて、遠くの畑や、村の屋根を、橙色に染めはじめていた。

いけない。お父さんが仕事から帰ってくる時間だ。私は急いで家に向かった。私の家は、お母さんを早くに亡くしていて、夕食の支度《したく》は、私の仕事だったから。

家につく。明かりはまだついていない。私はほっと胸をなでおろして、夕食の支度にとりかかった。

支度をしながら、エレンの家のことを思い出す。

真っ赤に咲く薔薇の庭。木々に囲まれた大きな屋敷。隠れるように住んでいる、寝たきりの女の子。

彼女は、きっと、ここの人じゃないわ。だって、このへんで、金色の目なんて、見たことがなかったから。薄紫色の髪だって、めずらしい。もしかして、遠くの地方からうつり住んで来たのかもしれない。病気を治すために、この田舎に、空気の綺麗な森の中に来たのかもしれない。でも、あんなに大きな家が、小さな女の子のためだけに用意できるなんて、すごいな。もしかして、彼女は、どこかの国の偉い人の子どもか、お姫様なんじゃないかしら。

外から犬の鳴き声がして、われに返る。お父さんが帰ってきた。私は出迎えるために戸口に向かった。

2

次の日の昼下がり。

昼食を食べて、食器を洗う。洗濯物を干して、一息つく。今日の仕事が終わったことを確認したあと、私は森へと出かけた。

また遊びに行くって、彼女と約束したから。心のどこかで、昨日のことは夢だったのかもしれないと思っていて、それを確かめるつもりもあった。

歩きなれた森の道を行き、彼女の家へ向かう。

一往復しかしていない道だったのに、不思議と迷うことなく、赤い花と青い花の花畑にたどりつくことができた。

茂みを抜けると、薔薇の庭と、赤い屋根の家が見えた。そこには、昨日と同じ光景があった。

やっぱり、夢じゃなかったんだ。

扉の取っ手を回す。鍵は、かかっていなかった。私が来るから、鍵を開けていたのかしら。そういえば昨日も、鍵は開いていたっけ。黒猫が通り抜けするために、開けているのかもしれなかった。だとしたら、不用心だわ。もしかして、人が出入りすること自体、めったにないのかしら。


「ヴィオラちゃん！」

部屋の扉を開けると、エレンは私の顔を見て小さく叫んだ。

昨日、寝たきりだった彼女は、半身を起こしていて、大きな枕に背中をあずけていた。

昨日よりも調子がよさそうだ。

ベッドの脇には、読みかけの本が二、三冊置かれていて、ベッドのそばの丸いテーブルには、湯気の立ったティーカップがあった。

「来てくれたんだね。嬉しいなあ」

エレンはそう言って、目を細めて私を見た。なんて表情をするんだろう。こっちがどきどきしてしまう。彼女の顔は包帯で覆われているけれど、その表情やしぐさは、ふつうの女の子となんら変わりないと思った。

椅子をベッドの近くに引いて、座る。

今日も、エレンの部屋に来るまで、誰とも会わなかった。でも、清潔に取り替えられた彼女の包帯や、テーブルの上に用意された紅茶なんかを見ると、ちゃんと、この家で彼女の看病をしている人がいるのだと思った。

紅茶のカップは、二つあった。

私の視線に気づいて、エレンは言った。

「ヴィオラちゃんのぶんだって」

彼女を看病している人が淹《い》れてくれたんだろうか。

「いいの？」

彼女はこくりとうなずく。

「ありがとう」

私はティーカップを手に取った。

真っ白なカップには、花模様の線がぐるりと描かれていて、とても高価なものに見えた。私の家のくすんだ色の食器とは、大違い。

エレンは、ゆっくりした動作でカップに手を伸ばした。その手。とても小さくて、震えていた。紅茶の入ったカップを持つのも、やっとじゃないのかと思えてしまうほど。私の不安そうな視線に気づいて、エレンは微笑んだ。私も、なんだか照れくさくなって笑った。

紅茶を飲みながら、私はうかがうように部屋の中を見回した。

染みひとつない白い壁。豪華な家具。小さな本棚には、色とりどりの背表紙が詰めこまれている。高そうな花瓶には、薔薇の花がおしげもなく挿してある。

彼女のリボンやワンピースを見る。うらやましくなるぐらい、上等な生地だと思った。

この子は、ずいぶん愛されているんだわ。そのときの私は、そう思いこんだ。子どもにかけるお金の量は、愛情の量と同じだと思っていたから。

窓のへりには、相変わらず黒猫が寝ていて、ぽかぽかした陽気を、その黒い身体に集めていた。

「あの猫ちゃん、飼ってるの？」

私が聞くと、エレンは首をかしげた。

「ううん。飼ってるっていうか、勝手に居座ってるんだよ」

「そうなの？」

意外だと思って聞き返す。

なあん。と返事をするように黒猫が鳴いた。

まるで、「それはないんじゃない」と言っているように聞こえたので、私は思わず笑ってしまった。

テーブルの上には、空になったティーカップが二つ。

部屋のすぐ近くで、鳥が飛び立つ音が聞こえた。巣でもあるのかしら。私は窓の外を見て考えて、エレンちゃんに視線を戻した。

「ねえ、エレンちゃんは、もともとここに住んでる人じゃないよね？」

「うん」

彼女は、うなずいた。シーツの上で行儀よく手を重ねている。

「ずっと前にね、ここに来たの。……どうしてわかるの？」

「エレンちゃんの目の色、めずらしいから」

彼女は目をぱちぱちさせた。それから、思い出したように微笑んだ。

「そっかあ。それ、本で読んだことあるよ」

エレンは、ベッドの脇に置いてあった本の中から、一冊を取って広げた。

「ここの人は、金色の目の人いないんでしょ。えっとね……。……。ほら、これのことだよね？」

私は、エレンから本を受け取って、彼女の指差すページをのぞきこんだ。

確かに、そこには、この地方の歴史とか、人間の瞳の色について書かれていた。

けれど、私はそれよりも、細かくて正確な字がぎっしりと詰まっている本の内容に驚いていた。

読んでいるだけで、頭が痛くなりそう。私よりも年下の女の子が、こんなに難しそうな本を読むんだろうか。

私は、文字列から目を離さずに聞いた。

「エレンちゃん、こんな本読めるの？」

「うん。だって、お外に出られないから、本読むぐらいしかないんだもん」

エレンの声が急に沈んだのを感じて、私は顔をあげた。彼女は、視線を落としてうつむいていた。

好きで読んでいるわけじゃないんだわ。

「外に出ちゃだめなの？」

「うん」

エレンは、はっとして顔をあげた。

「うつる病気とかじゃないんだよ。足がね……、……動くと痛いの」

私は、エレンの視線を追って彼女の足を見た。けれど、シーツに隠された足は、どんな状態かうかがいしれなかった。

「そっか……」

私はつぶやくことしかできなかった。話題を変えようとして、明るい口調でたずねる。

「エレンちゃんは、いつから、ここにいるの？」

彼女は首を振った。

「わかんない。気がついたら、ここにいたの。前に住んでいたところもあったんだけど、……よく覚えてない」

「お父さんと、お母さんは？」

彼女はまた首を振った。

「前は一緒に住んでた。でも……ここに来てから、会いに来てくれない」

私は一瞬、彼女の言葉が信じられなかった。

こんなに素敵な部屋を用意してくれてるのに、会いに来ないなんて。

でも、彼女の表情は、多くを言わなくてもすべてを語っているようだった。私はせつなくなって、彼女の沈んだ心を引っぱりあげようと、必死になった。

言葉を選んで、明るい声を出す。

「きっと、お仕事で忙しいんだよ」

エレンは私を見た。

「お仕事？」

「うん」

私はうなずいて、部屋の家具に視線を走らせながら、言った。

「だって、こんな大きな家で暮らせるようにしてくれてるんだもの。たくさんお金がいるでしょ。お医者さんもやとってるし。お薬代もいるわ。エレンちゃんのために、お仕事してるから、なかなか会えないのよ」

「ふうん……」

エレンは視線を落とし、考えている風だった。

包帯の巻かれた指先をこすり合わせて、つぶやいた。

「……お仕事するのって、私のためなのかなあ？」

「そうよ」

もう一押しだ。

「エレンちゃんのためよ。私のお父さんも、お仕事でしょっちゅう帰りが遅くなるもの」

「そうなんだ……」

エレンは、うつむいたまましばらく考えていた。

そのうちに、瞳に輝きが戻ってくるように見えた。

彼女は顔をあげて、私から本を取り上げると、ぱたんと閉めた。その軽快な音に、私は少しばかり驚いた。さっきまでの暗い表情はどこへやら、彼女はすでに、私に向かって微笑みかけていた。

「ねえ。ヴィオラちゃんの目って、緑色だよね」

とうとつな質問に、私はたじろいだ。

「？　うん」

「髪の毛は、お日様のきらきらした色で、目は、つやつやした葉っぱの色だよ。綺麗だなあ。ねえ。近くで見せてよ」

急に明るくなったエレンに、困ったように笑う。でも、落ちこんでいるよりは、よほどいい。

「私の目なんか見ても、面白くないよ？」

「だって、とっても綺麗なんだもん。見せて」

私は恥ずかしかったけれど、エレンに顔を近づけた。彼女は、小さな手で私の三つ編みのリボンに触れながら、顔をのぞきこんだ。

近い距離で、見詰め合う。彼女の金色の目には、赤い血管が通っていて、病気のせいなのかわからなかったけれど、異様な色彩を放っていた。まっすぐに見詰められると、吸い込まれそう。エレンの瞳のほうが、よほど綺麗だわ。

彼女の身体からは、病気の人間独特のすえた臭いと、薬品の臭いがして、お外に出られないという彼女の言葉がちらついた。

あなたを　愛してくれる人がいる

それを知って　嬉しくなったの

その日の夕食。

私とお父さんは、向かい合わせに座って食事をとっていた。

ぼうっと、エレンのことを考えていると、

「何かいいことでもあったのか？」

と、お父さんがいぶかしげに聞いてきた。

気がつかないうちに、顔がほころんでいたらしい。

「ううん。なんにも？」

「そうか」

私がそっけなく答えると、特にそれ以上聞いてこなかった。お父さんは、肉の切れ端を口に放り込みながら、

「遊びに行くのはいいが、あまり森の奥には行くなよ」

と、言った。

私はパンをちぎる手をとめて、しばらく考えてから、うん、とうなずいた。

エレンの家は森の中にあった。

でも、お父さんが心配するような森の奥にあるわけじゃないと思った。森に入って、それほど迷わずに、すぐに着く場所だもの。

とはいえ、エレンの家は、森の奥という言葉がぴったりだとも思った。私は、なんだか気まずくなって、お父さんと目を合わせないように、食事を続けた。

3

違う日の早朝。

「もう出かけるのか？」

家の庭先でしゃがみこみ、靴紐《ひも》をむすんでいると、お父さんが声をかけてきた。

振り向くと、お父さんも出かけるところだった。

「うん」

私は立ち上がって、スカートをはたいて整える。

「おい、紐が取れかかってるぞ」

腰に手を伸ばすお父さんから、あわてて逃げるように身体をそらす。

「いいよ自分でやるから」

お父さんは何も言わずに肩をすくめた。私は腰のリボンを結びなおすと、そのまま走り出した。

「気をつけていけよ」

後ろから、大きな声をかけられる。

そんな大声出さなくてもいいのに。

私はぎゅっとこぶしを握った。気恥ずかしくて、わざと返事をしなかった。


走って、森の中へ。

森の木陰に入ると、真夏の陽射しから解放された。

呼吸を整えて、額の汗をぬぐう。

エレンの家に行くのが、すっかり習慣になってしまった。

まるで、男の子の家にこっそり遊びに行くような気分だと思った。変なの。彼女は、年下の女の子なのに。

あの家は、隠れ家みたいだった。誰にも知られずに、ひっそりと建っている家。私以外、誰もあの場所を知らない。誰も、彼女を知らない。私だけが、夢の世界への入場券を持っているみたいで、どきどきした。

エレンは、不思議な子だった。

私は、人と話をするのはそんなに得意じゃなかった。どちらかというと、大人しく誰かの話を聞いていたほうが好きだった。それなのに、彼女を前にすると、するすると言葉が出てくるのだった。話の内容は、今日のご飯はなんだったとか、村であったこととか、他愛のないものだったけれど、彼女には新鮮だったみたい。彼女はとても楽しそうに、私の話を聞いていた。

彼女は、身体の調子によって、よく喋ったり、黙りこんだりした。話しながら、彼女は猫のようにくるくると瞳を動かすので、それがとても可愛かった。

彼女はいろいろなことを知っていた。

すり傷や火傷に効く花や、煎《せん》じて飲むと喉《のど》の痛みに効く草など。私が、実際に役に立ったと伝えると、本で読んだだけだよと、小さく笑った。ときどき、天気をぴたりと言い当ててしまうこともあって、私を驚かせた。

「疲れちゃった。少し眠るね」

陽射しが暖かくて、眠気を誘う日だった。

エレンは、私とおしゃべりしたあと、そう言った。私はうなずいて、シーツをかけるのを手伝ってあげた。彼女は小さくお礼を言って、ベッドに沈んだ。

しばらくすると、静かに寝息をたてはじめた。

私は椅子に背を預けて、きい、ときしむ音を聞いた。私も、彼女と同じように目を閉じる。遠くで、鳥の鳴き声が聞こえる。ここは森の中の家。窓から入りこむ空気が、心地いい。おしゃべりな人たちもいないし、騒ぎ立てる動物もいない。

こんなところで過ごせたら、病気もきっとよくなるんだろうな。

そう思ったけど。私はふと、目を開けて、彼女を見た。

エレンちゃんは、よくなっているのかな。

聞いてみたい気もしたけど、病気のことについては聞けなかった。だって、私が聞いたからといって、どうすることもできなかったし。彼女は病気なんか忘れて、私と、別のことを話したかったに違いないから。


いつの間にか、私も眠ってしまったようだった。ひんやりとした空気が頬《ほお》をなでる気配に、目を覚ました。

気がつくと、膝に毛布がかかっていた。エレンの顔がすぐ近くにあって、驚いた。彼女は、私の膝に手を置いていた。

「あっ、起きちゃった？」

エレンは私と目が合うと、照れくさそうに笑った。

「寒いかなと思って。えへへ」

エレンはベッドから下りて、たて膝の状態で私によりかかっていた。その、スカートからのぞく足。その細さに、私はぞっとした。まるで肉がついていない。ベッドから下りたせいか、包帯がほどけて、赤黒い皮膚がのぞいていた。目の錯覚か、骨が突き出ているように見える箇所もあった。周囲の床に、彼女の動きのあとを追うような赤い染みができていて、生々しかった。

実際に彼女の足を見たのは初めてだった。

「エレンちゃん！　足……」

「大丈夫だよ。これぐらい。平気だもん」

そう言って、彼女は微笑んだ。でも、その笑みはぎこちなくて、手はかたくにぎりしめられている。

動くと痛いの、と言っていた彼女の言葉が思い出される。

こんな状態で歩けるわけがない。平気なわけがない。その証拠に、エレンの額には汗が浮き出ている。それなのに、ベッドから下りて毛布をかけようとしてくれたの？　わざわざ、私のために？　私の身体が冷えないように？

せつなくなって、私は、優しい彼女を抱きしめたい衝動にかられた。でも、同時に、恐ろしい病気の身体を突き放したいと思う自分もいた。

「私は寒くても大丈夫だから。無理しちゃ駄目よ。エレンちゃん」

「……うん」

結局、私ができたのは、エレンがベッドに戻るのを手伝ってあげることだけだった。真っ赤な足は、直視できなかった。消毒液のような臭いと、血の臭いがまざりあったのをかいで、吐き気すらこみあげてきそうだった。

エレンを寝かしつけて、シーツをかける。

ベッドに横たわると、彼女はお礼の代わりに微笑んだ。私も、力なく微笑み返した。視界の隅に、シーツに残る赤黒い斑点《はんてん》がちらついて、落ちつかない。

視線をさまよわせて、窓を見る。

陽がかたむいて、真横から、光が部屋に射し込んでいた。眠っていた間に、結構な時間が経っていたみたい。涼しい空気に、私は身震いした。

「暗くなる前に、帰ったほうがいいよ」

エレンが言った。

「うん」

私はうなずいた。

しばらく間を置いて、椅子から立ち上がる。

扉の前まで歩き、部屋を出る前に、エレンのほうを振り返った。

「またね」

と言って、彼女は手を振った。

エレンの背後の窓から射し込む光が、ちょうど逆光になって、彼女の表情がよく見えない。

まるで、顔がないように見えて、私は動揺した。どうして、そんなことでうろたえてしまったんだろうか。

私は、彼女に手を振って、部屋を出た。

いつものように廊下を歩いて、階段をくだる。木の床のきしむ音が、やけに響いた。

額に手をあてながら、歩く。

エレンの真っ赤な足が、脳裏にこびりついて、離れない。

彼女は病気だったんだ。今まで、元気にふるまう彼女の顔ばかり見ていて、すっかり忘れていた。

ひと気のない厨房を通り過ぎて、不安がよぎる。

この家で、彼女を看病している人は、どうして私に姿を見せないんだろう。私のぶんの紅茶を淹《い》れたりして、私が来ていることは許しているようなのに。彼女に、触れたくないんだろうか。彼女に触れる人間にすら、会いたくないんだろうか。

はっとしたように、私は手を額からはなして、手のひらを見つめた。しばらく見つめて、それから、馬鹿な考えを追い払うように、首を振った。

うつる病気じゃない。エレンちゃんはそう言ってたじゃない。

彼女のそばで、看病する人だっている。彼女に触れて、包帯を巻いたり、薬を飲ませてあげる人もいる。

大丈夫なはずだ。

さっきの彼女の臭いにあてられているのかもしれなかった。私は、こんなことを考える自分が嫌だと思った。

ぎいい。

突然、ドアのきしむ音がしたので、私は驚いて振り向いた。そこには、開かれた木の扉から、黒猫が顔を出していた。

「なんだ、猫ちゃんか」

私は、わざと口に出して言った。そうやって、何事もないという風を装った。黒猫は、こちらを見ていた。いつもは、挨拶《あいさつ》をするように低い声で鳴くのに、今日に限っては何も言わない。

じいっと私を見つめる、黒猫。その金色の瞳と、エレンの瞳の色が重なって見えて、なぜか、私はどきりとした。一刻もはやく、この屋敷から出たいと思って、私は玄関へ駆け出していた。

身体ごと飛び出すように、外に出る。

外はすでに薄暗く、庭の薔薇には暗い色が落ちていた。

薔薇の庭を歩きながら、家を振り返る。

なんてことはない。いつもの、見慣れたエレンの家だ。それなのに、なぜだろう。灰色の壁は、威圧感があり、私を覆いつぶそうとしてくるかのように見えた。空がかげっているから、そう見えるだけなのだろうか。

ざわざわ、と風の音がして、私の心をあおり立てる。私は、頭の中で勝手に増殖していく不安を打ち払うように首を振り、走り出した。はやく、家へ。そう思って、全力で、薔薇の庭を、森の道を駆けた。

やっとの思いで家につくと、お父さんはもう帰ってきていた。遅いぞと、小言を言おうとしたお父さんは、私の顔を見て、険しい顔をくずした。

「どうした？　ヴィオラ」

私は息を切らしながら、お父さんを見上げた。

そのときの私は、泣きそうな顔をしていたみたい。

魔女の家の魔法を解いて

本当の姿で出迎える

優しいあなたは　きっと
同情してくれるでしょ？

4

次の日。

私は、エレンの家へ行くことができないでいた。

自分の部屋のベッドの上で、ひざを抱えて座りこんでいた。

私は、何を怖がっているんだろう。森の奥の家？　誰かが息をひそめているような雰囲気？　彼女のためだけに咲く庭の薔薇たち？　醜《みにく》くただれた、彼女の足？

その日の空は、私の暗い心をうつしたように曇っていた。やがて、私が森に行けない口実を授けるかのように、雨が、しとしとと降り始めた。

私は、しばらく雨が降るのをぼうっとながめていたが、やがて、安心したような、複雑な気持ちで、カーテンを引いた。

ベッドに寝転んで、目を閉じる。

それは、夢だったのか、自分の想像だったのか、わからない。

頭の中に、ベッドに寝たきりのエレンの光景が浮かんだ。

それは、私がこのまま、エレンの家に行くのをやめてしまったときの、エレンの姿だった。

一人きりの部屋で、エレンは、私が来るのを待っている。昨日は雨だったから、来れなかったんだよね。今日は、晴れたから、来るかな。そう思って、私を待つ。でも、何日経っても私は来ない。エレンは、私に何かあったのかと、心配する。しかし、数日、一週間、一ヶ月。いくら待っても私は来ない。そのうちに、エレンは、私に見捨てられたことに気づく。そっか。エレンはあきらめたように笑う。そして、エレンは、声をあげずに、ひっそりと泣くのだ。

私は、思わず飛び起きた。

それから、思い出したように震え上がった。

その震えは、恐怖からくるものじゃなかった。私は、自分が、彼女を傷つけようとしている事実に気づいて、がく然としていた。

私はベッドから下りた。

部屋を飛び出して、家を出る。

雨は、小ぶりだったが、まだやんでいなかった。それでも、ぬかるんだ地面を踏みしめて、私は駆け出した。

「ヴィオラ⁉」

家の中で、猟銃の整備をしていたお父さんが、驚いて私を呼びとめた。でも、私は振り返らなかった。

雨に濡れながら、走る。走りながら、エレンと最初に会ったときの、彼女の言葉を思い出していた。

怖くないの？　と、エレンは聞いた。

それは、彼女が、自分の姿に恐れる人たちを見てきたから、出てきた言葉じゃないのだろうか。彼女は今まで、恐れられてきた。いろんな人に、遠ざけられてきた。そのたびに、彼女は失望してきた。そんな彼女に、私は、怖くないよと言った。彼女にとって、私は、唯一、差し伸べられた手じゃなかったのだろうか。

――私は、ばかだ。

いまさら、エレンが病気であることを恐れるなんて。

私は恥ずかしい気持ちと、エレンに謝りたい気持ちでいっぱいになって、唇を噛んだ。

その日は、どうやって彼女の家へ向かったのか、覚えてない。

走っているうちに、いつの間にか、赤い花と青い花の花畑にたどり着いていた。薔薇の庭に着くころには、雨はやんでいた。濡れた花びらは、雨上がりの陽射しを受けて、きらきらと光っていた。それはとても美しくて、昨日、この庭で感じたゆううつな雰囲気が、まるで嘘のように感じられた。

玄関の扉を開くと、中にこもっていた暖かい空気が外に流れ出た。家の匂いをかいで、私の緊張は、だんだんとほぐれていった。

階段を上り、部屋の扉を開ける。

エレンは驚いて、顔をあげた。

「ヴィオラちゃん？」

彼女の顔を見た瞬間、心の中でもやもやしていた霧が、すべて取り払われた気がした。沈みかけていた気分も復活して、私はいつものように椅子に座った。

エレンは、私の濡れた髪や服を見て、心配そうに言った。

「どうしたの。雨、降ってたのに」

「うん……、その……」

私は、今の気持ちをなんと言ってよいのかわからなかった。謝るのも、恥ずかしがるのも、違う気がした。私は歯切れ悪く、でも、本当の気持ちだからと思い、彼女を見つめて言った。

「エレンちゃんに、会いたかったから」

エレンは驚いて、目を丸くしていた。けれど、そのうちに、花が咲いたように微笑んだ。
ああ。その笑みを見て。
私は、彼女の友達なんだから。
彼女には、私しかいないのだから。
何があっても、彼女のそばにいよう。
そのとき、私は誓った。

黒猫は、いつものように窓のへりに座って、家の外壁をながめていた。
家の外壁には大きな蜘蛛《くも》の巣が張られていた。そこに、蝶々が引っかかっていた。
黄金色の羽を持った、美しい蝶々が。

5

それから、夏の間中、ずっと。
晴れている日は、エレンの家に遊びに行った。雨が降っている日は、窓から森の方角をぼんやりとながめた。

何度、足を運んでも、彼女を看病する人とは、まったく会うことがなかった。はち合わせすらしないのは、不思議なぐらいだった。私が来ると、隠れるのだろうか。彼女は、お医者さんのことについては、あまり好きではない様子だったので、気に留めることもなかった。

私の知る限り、彼女の両親がたずねてきた様子はなかった。たずねてきてくれれば、きっと、彼女も喜ぶのに。

私がいなければ、エレンは本当に一人だわ。

日を追うごとに、彼女への想いは強くなっていった。

最初に出会ったときよりも、エレンの身体は、よくなるどころか、悪化しているように見えた。最近では、起き上がることもできずに、寝たきりでいることが多い。あんなに美しく、大きく開かれていた瞳も、力なく伏し目がちだ。なんでも、視力も落ちてきているらしい。

本すら読めなくなってしまったら、いいえ、最悪、光すらなくなってしまったら、どうしよう。私が、遊びに来る前は平気だったのに。もしかして、私が遊びに来たせいなの？　おしゃべりをして、無理をさせて、悪化させてしまったんじゃないだろうか。

「絶対、そんなことないよ」

エレンは言った。

「だから、遊びに来ないなんて言わないで」

彼女は泣きそうな声で言った。

私は驚いたように少しだけ目を見開いた。それから、彼女を安心させるために優しい声でささやいた。

「言わないわ」

私の言葉に、とびきり安心したようにエレンは微笑んだ。

その笑顔に、心を痛める。

泣き叫んでもいいのに。わめいてもいいのに。

気丈にも、この小さな女の子はいつも、私に向かって微笑んでいる。病気の痛みに耐えている。

彼女の目じりに、膿なのか血なのかわからないものが浮かんでいる。私は、持っていたハンカチでそれをぬぐってあげながら、泣きたくなった。

これ以上、エレンから何を奪うっていうの。エレンから、光すら奪ってしまうの。

私は、彼女の病気を、心底憎んだ。同時に、自分ではどうしようもないことだと――打ち勝つことのできない相手だと思って、脱力した。その喪失感は、静かな悲しみを呼んだ。胸の奥から切なさがこみあげてきて、喉の奥までやってきたそれは、言葉となって、身体の外に押し出された。

「私が代わってあげられたらいいのに」

ぽつりと、私は、独り言のようにつぶやいていた。

口から出た言葉は、空気を通って、ふたたび私の耳に入る。

——そう。私が、エレンと代わってあげられたらいい。

私の代わりに外に出て、遊んできてくれたらいい。陽射しの下で、花に囲まれて、自由に駆け回るの。その間、私はベッドの上で微笑んで、眠っていればいいの。

ふと、するすると衣擦《きぬず》れの音が聞こえて、顔をあげた。見ると、彼女が、こちらに向かって手を伸ばしているのだった。

私は、彼女の手を取った。冷たい。その冷たさに驚いて、私は彼女の手をとっさに両手でつつみこんだ。

彼女は、私を見て、目だけで微笑んでいた。

そのとき、なぜだろう。どきりとした。

彼女は、何も言わなかったから。そうやって、私を見るだけだったから。なんだか、年下の女の子に見つめられている気分じゃなかった。

「……エレンちゃん？」

どうしたの？　という意味をもって聞いた。もしかしたら、微笑みで目を細めているのではなくて、意識を失う寸前のきざしではないだろうかと思ったからだ。

私は、不安な表情を浮かべていたと思う。

すると、エレンは、いつもの顔でふっと笑って、

「ありがとう」

と言った。

その微笑みに、私は安心した。彼女は小さな声で、

「ヴィオラちゃんは、優しいね」

と言った。私は、何のことかと、目を少しだけ開いて、さっきの自分の言葉を思い出した。

——代わってあげられたらいいのに。

ふいにこぼれた言葉だけど、嘘じゃなかった。私は微笑んで、彼女の手を握る力をこめた。

とたんに、彼女の瞳が、うるみはじめた。私はぎょっとして、握る力が強すぎたのかと、手の力をゆるめた。だけど、彼女の表情は変わらず、別のことで瞳を濡らしているのだと知った。

彼女は、遠くのほうをぼんやりと見つめて、うわごとのように言った。

「私なんかと友達になってくれて、夢みたい」

そう言って、ゆっくりとまばたきをした。その拍子に、彼女の瞳から大きな涙のつぶがこぼれて、顔に巻かれた包帯に染みこんで消えた。

その光景に、胸がきゅうっとつかまれる思いがした。彼女の手を握り、こちらを振り向かせる。

「私なんか、って言わないで。エレンちゃんは病気だけど、それだけじゃない。それだけで、他の子と何も変わらないよ」

「……ヴィオラちゃん」

私は眉を寄せて、吐き出すように言った。

「だから、私なんかって、言わないで。私だって、エレンちゃんが友達になってくれて、嬉しいんだから。きっと、そのうち、病気も良くなる。歩けるようになって、お外に出られる日も来るんだから」

エレンは、私の言葉を一言一言確かめるように聞いていた。それから、首を横にふった。それは、本当にかすかな動作だった。

「だめだよ」

「どうして？」

「だって私、もうすぐ死ぬもの」

その言葉に、急にお腹の底が冷えていくのを感じた。

死ぬ？　エレンが？　死ぬ。死ぬって、いなくなっちゃうってこと？　違う。動かなくなるってことだ。

彼女の手を握る手が震える。

動悸がはやくなる。喉がからからになって、うまく言葉がつむげない。

「……なんで、そんなこと……」

私の様子とは反対に、彼女は落ち着いていた。

「お医者さんがね、言ったの。私、もうすぐ、死ぬんだって。私に、わかるように言ったの。それもね、嬉しそうに。なんで、そんなに嬉しそうなんだろうって思った。けど、わかってるんだ、私。……だって、私が死んだら、もう、お医者さん、私の面倒見なくて済むんだからね。嫌な顔して、私の包帯取り替えることもないし、私の……、いろんな世話、することもないんだからね」

彼女の言葉には、何の感情もこめられていなかった。

私は、首を左右に振りながら、信じられない気持ちでエレンを見た。病気の子どもに、心無い言葉を投げかける医者に対する憤りと、それらを受け止めて、あきらめた表情を浮かべる彼女に対するいたたまれなさで、いっぱいになった。

彼女は続けた。

「……お父さんもね、お母さんもね、私なんかいなくなればいいって思ってるんだ。だから、私が死んだら嬉しいんだよ」

「何言ってるのよ」

私は悲鳴に近い声をあげた。彼女はびっくりして、こちらを見た。その顔に、私も気まずくなってしまって、反射的にうつむいた。でも、気を取り直すように顔をあげて、唇を噛んだ。

「そんなこと、ないわ。死ぬのが嬉しいなんて……あるわけないじゃない。エレンちゃんのお父さんもお母さんも、私は、よく、知らないけど……、自分の子どもが死んで、嬉しいことなんて、あるわけないじゃない。……死んでほしくないから、生きていて欲しいから……、だから、ここで、病気を治そうとしてるんじゃない。ここで、元気になれるように、家を用意してくれてるんじゃない」

私は、彼女の表情が少しでも変わればいいと望みを持って、彼女の顔を見た。でも、彼女は小さく笑って。ああ。なんだろう。それは、もう、すべてをあきらめているかのような顔だった。彼女は私を見ているのに、私をすり抜けて、どこか遠くを見ているようだった。

「だって、お父さんも、お母さんも、会いに来ないいんだよ？　私が、病気だから、来てくれないんだ。私のこと、見てくれないの。私のこと、捨てようとしてるの。……私のために、この家に寝かせてるんじゃないんだよ。私のこと……、ここに」

言いながら苦しくなってきたのか、彼女は、こらえるようにつばを飲みこんでから、続けた。

「隠してるんだよ」

低い声だった。

隠してる。

その言葉には、いろんな意味がふくまれているような気がした。

「だって……、ね。ここに住んでる村の大人の人も、みんな、私のこと知ってるんだよ。でも、知らないふりして、私を、森の中に隠してるの」

みんな、エレンを知ってる？

思いがけない話に、私の胸はざわめきたった。

「……ヴィオラちゃんも、私のこと、知らなかったでしょ？」

そのとおりだった。

私の口は、殴りつけられでもしたかのように、閉じてしまった。

森の奥に家があるなんて、聞いたこともなかった。

ちょっと待って。お父さんの声がよみがえる。森の奥に近づいてはいけないって、いつも、私に言っていた。あれは、この子を隠すためだったの？

ざわっと、耳鳴りがした。

──わずらわしい病気の子ども。かといって、見捨てることもできない。だから、人の目に触れないように、森の奥に隔離する。村の大人たちは、お金をもらって、口裏を合わせる。そんな、大人の都合のいい考えがなぞれるような気がした。

じゃあ、お父さんも、そのうちの一人なの？

胸全体にじわじわと、いやな気持ちが広がっていくようだった。

そんな私の気持ちを察したのか、彼女は私の様子をうかがうように、うわめづかいで言った。

「……ヴィオラちゃんのお父さんも、悪くないよ。だって、私、こんな病気だもん。みんな、怖いよ。うつるかもしれないって思う。……私だって、こんな子いたら、一緒にいたくない。近くに、置いておきたくない。……隠しておきたいって思うよ」

「そんなこと、言わないで」

私は、懇願するように言って、彼女の手を握る力を強めた。

それは、彼女がふびんだと思って言ったんじゃなかった。

これ以上、聞きたくなかったんだ。お父さんが、村の大人たちと一緒に、彼女を隠しているかもしれないってことを。でも、私はそのことに気がついていなかった。

私は、混乱していた。

でも、その一方で、エレンは落ち着きはらっていた。

彼女は、私が思っていたよりも、いろいろ考えていたんだ。長い間、一人で暮らしていれば、幼くても、見えてくるものがあったんだろう。彼女は、彼女なりに、ここでの暮らしを受け止めていたんだ。

私は、できるだけ、お父さんのことを思考の隅に追いやろうとした。

今は、彼女のことだけを考えないと。

「もし、そうでも……。みんなが、エレンちゃんのこと見ない振りしてて、死んでもいいと思ってたとしても……、私は、悲しいよ。私は、エレンちゃんが死んだら、悲しいよ」

それは、まぎれもない真実だった。

心の底からわきあがってくる、私の素直な気持ちだった。

「うん……」

彼女は目を伏せて、小さくうなずいた。

私の気持ちが伝わったのだろうか、彼女を取り巻いていた暗い霧が、すうっと取りはらわれていくのを感じた。

「私ね……」

エレンは、ぽつりとつぶやいた。その言葉に、暗い影はなく、いつもの可愛らしい音色だった。

「ここから出られなくても。誰も……、わたしのこと気づいてくれなくても。誰も、私と遊んでくれなくても。……病気が治らなくても、……」

エレンが私を見る。

いつもの、まっすぐな瞳で。

「ヴィオラちゃんがいてくれれば、それだけでいいの」

「エレンちゃん……」

その言葉に、私はまるで自分自身が救われたかのように感じた。私の目に、小さな光がさしていくのがわかった。

突然、エレンが、眉間にしわをよせて、顔をしかめた。何かと思ったら、半身を起こした。

そして、私に向かって倒れこむように、力なく抱きついてきた。本当に力がなかったので、私は、彼女の身体をしっかりと抱きとめてあげた。

彼女のさらさらとした髪の毛と、体温を感じる。指先はとても冷たいのに、この子の胸は、まだ温かい。

子どもが母親にしがみつくように、エレンは私の首元に顔をうずめた。そして、身体全体をかすかに震えさせながら、ささやいた。

「ヴィオラちゃん、大好き」

その言葉は、耳ではなく、骨の震動で伝わってきて、身体の芯にびりびりと届いた。私は目頭を熱くさせて、答える代わりに、彼女の肩を抱きしめた。

なんて、素直な子。

私も、エレンちゃんが好き。

でも、直接口に出せなかったのは、なんでだろう。恥ずかしいと思ったのかな。それとも、お父さんのことが、まだ、気がかりだったんだろうか。

とにかく、私は言えなくて、でも、エレンが好きなことには変わりなくて、その代わりに、彼女を優しく抱きしめ続けた。薬の臭いや、血や膿《うみ》の臭いが鼻をついていたけれど、もう、怖がらなかった。そのすべてが、エレンだったから。

残り少ない命を、彼女は、一人で受け止めているのに、私が、彼女を受け止められないで、どうするの。

彼女は、泣いていたんだと思う。声をあげずに。

いつも、こうだ。

彼女はいつも、必死に耐えている。決して、泣きわめいて私を困らせたりしない。この小さな身体に襲いかかる悲劇を、すべてその身に受けて耐えている。

――ああ。神様。

私はぎゅうっと目を閉じた。拍子に、涙が頬を伝い落ちていくのがわかった。

この子の苦しみ、少しでも私にわけてくれたらいいのに。

私が、その痛みを半分背負って、一緒に歩けたらいいのに。

エレンの目の前で、死をほのめかす大人。なんてひどいやつなんだろう。

エレンの両親。もうすでに、彼女のことを見捨てているのかもしれなかった。

彼女はあきらめているふりをしているけど、本当は、恋しくて恋しくてたまらないはずなんだ。

会いに来てくれるだけでいいのに。抱きしめてあげるだけで、きっと彼女の心は救われるのに。どうして、それすら、してあげられないの。

私は、漠然と、大人の世界との隔《へだ》たりを感じていた。

それが、憎しみと呼べるほど強い感情であるかはわからなかったけれど。

失望、というのが近かったのかもしれない。

私は、大人たちが、私たちとは違う、高い壁を隔てた向こう側にいるように感じていた。

そして、私は、私たちだけが、真実だと思った。

身を寄せあって震えている。お互いを想って泣いている。椅子とベッドが二人をつなぐこの空間が、決して侵されることのない、私とエレンの聖域だと。

なあん。

水をさすように、黒猫が低い声で鳴いた。

私は　嫌い
愛されているくせに　それを知らない女が

私は　憎い
愛されているくせに　それを受け入れない女が

私は

その日の帰り道。

時間に余裕を持って、エレンの家を出たと思ったのに、森を抜けた頃には、どっぷりと日が暮れていた。

ほうほう、と、どこか遠くで鳥の鳴く声が聞こえる。

いつもは不気味に感じる夜道も、まったく怖いと感じなかった。心が、鈍感になっている気がした。彼女を抱きとめていた胸がせつない。なんだろう。胸に、ぽっかりと穴があるいている。

家に着くと、お父さんが戸口に背を預けて、怖い顔をして立っていた。

エレンの家に遊びにいくようになって、最近、帰りが遅くなる日が続いていた。そろそろ、お父さんも我慢の限界のようだった。

お父さんの顔を見ると、彼女の言葉がよぎった。

——村の人たちで、隠してる。

苦い気持ちがこみあげてきて、私はお父さんの顔が見られなくなった。

「おい、ヴィオラ！」

私はお父さんを無視して、無理やり家の中に入った。


無言の食卓。

お父さんの用意した料理は、冷め切っていた。

食器のかちあう音や、パンをかりかりとかじる音だけが響く。

先に、沈黙を破ったのは、お父さんだった。

「最近、帰りが遅いぞ」

「…………」

「どこに遊びに行ってるんだ」

「…………」

エレンのことは言いたくなかった。私は、重い口を開いて、仲の良かった女友達の名前を出した。

「××××（女友達の名前）ちゃんのところ」

「××××ちゃんは知らないって言ってたぞ」

私はとっさに顔をあげた。

「聞いたの？」

私の顔には、軽蔑《けいべつ》の念があらわれていたと思う。お父さんは、一瞬たじろいだけれど、すぐに、ふてくされて、しょうがないだろと言いたげに、口をへの字に結んだ。

私は、顔が熱くなっていくのを感じた。

嘘をついたのがばれたせいだけではなかった。お父さんが友達の家に行って、私のことをたずねている姿を想像して、恥ずかしくなったんだ。

過保護すぎるんじゃないの。その恥ずかしさは、だんだん、いらだちへと変わっていった。

お父さんはもう一度たずねた。

「どこに行ってるんだ」

「遊びに行ってるのよ」

「だから誰の」

私は一瞬、言葉につまり、言おうかどうしようか迷ったけど、ついに、吐き出してしまった。

「エレンちゃんっていう子のうち」

言ってしまった。

言ってから、私は、すばやくお父さんの表情の変化を探った。

お父さんは眉根《まゆね》をよせて、考えているようだった。

「エレン……？　そんな子、いたかな」

拍子抜けした気分だった。

やっぱり、知らないの？

でも、すぐに気をひきしめた。

知らないふりをしているのかもしれなかったから。

村の大人みんなで、病気の子どもをかくまってるとしても、その子の名前なんて、忘れられているのかもしれなかった。

私がじっと見つめているから、お父さんは変な顔をした。

「どうしたんだ」

その声に、なんだか敵対心を感じて、私は嫌な気持ちになった。

それは、私が疑いながらお父さんを見ていたから、同じ思いをもって、お父さんが返したに過ぎなかったのに。

「お父さん、何か、隠してない？」

「何をだよ」

「村のみんなで、隠してること、ない？」

お父さんは匙《さじ》を置いて、無言になった。思い当たることがあるのだろうか。それとも、思い当たることがなく、考えているのだろうか。

その沈黙は数秒間だったのに、まるで永遠のように感じられた。

「何を言ってるんだヴィオラ。そんなの、あるわけないだろう」

やがて、お父さんは、息を吐き出しながら言った。

少し困っているように見えた。

私だって、困っていた。お父さんを、信じられないんだもの。こんな気持ち、どきどきして、嫌だ。泣き出したくなる。でも、泣いたら、話ができない。

私はエレンのことを思い出して、こらえた。

お父さんを見すえて、言う。

「じゃあ、なんで森の奥に近寄るなって言うの？」

「そりゃあ、そう……」

お父さんは面食らった様子で、無精《ぶしょう》ひげが伸びている顎《あご》をかいた。

「……。……危険だからだよ。道は危ないし、獣はいるし、当然だろうが」

その言葉のふしに、何か隠しているものがあるように感じた。

だまりこんでいると、お父さんが、ふと、険しい顔になった。

「もしかして、森の奥に行ってるんじゃないだろうな。その子の家は、森の奥にあるとかじゃないだろうな」

私は肩をこわばらせた。責めているのは私のほうだと思っていたから。とつぜん、責め立てられて、とまどった。

「おい。ヴィオラ！　……そうなのか？」

それは、そうだけど。どうして、怒るの？　やっぱり、村の人たちで隠してたの？　森の奥に近づいて欲しくないのは、私を心配して言ってるんじゃなくて、病気の子どもを隠してるなんてこと、子どもたちにばれるのが怖いからなの？

私はお父さんを見つめたまま、首を横に振った。

「行ってないよ。エレンちゃんの家は……」

視線を落として、

「森の近くだから」

嘘をついた。

「そうか……」

お父さんは、何か言いたげな様子だった。でも、それ以上、私を追及しなかった。私に、気をつかっているのだろうか。それすら、わずらわしい。思いきって、言ってくれればいいのに。でも、言い争いにならなくてよかった。そんな風に安心する自分もいて、矛盾していると思った。

かち、こち、と時計の針の音が、静かに響く。

今まで、お互いが何も言わなくても、私とお父さんの間には温かい空気が流れていた。それなのに、今日はなんだかぎこちない。

食事を続ける気になれなくて、私は椅子から立ち上がり、自分の部屋へと戻ろうと背を向けた。

「……おい、ヴィオラ！」

呼び止められて、一瞬ためらう。でも、そのまま振り返らずに部屋に入った。扉を閉めて、鍵をかける。

食卓に一人取り残されたお父さんのため息が、扉の向こうから聞こえてきた。

私は、ふらふらと歩き、ベッドに倒れこんだ。

さっきの自分の言葉を思い出す。

――エレンちゃんの家は森の近くだから。

嘘をついた。

嘘をついてしまった罪悪感に、胸がずきずきと痛んだ。

本当は、森の中にあるのに。ううん、森の奥って言ったほうが正しいのかもしれないのに。

私は言えなかった。

本当のことを知るのが怖かったから。

彼女の家が森の奥にあると言って、お父さんがどんな顔をするのか、見たくなかった。彼女のことを口止めされるかもしれなかった。彼女の家に行くなと、必死に止められるかもしれなかった。

エレン、もうすぐ死んじゃうって言ってた。私のこと、好きだって言ってくれた。彼女には、私しかいないのに。彼女に、会いにいけなくなったら、会いにいくのを止められたら、いや。

私を責めたてるお父さんが、怖いと思った。いつも、優しいお父さんなのに。お父さんのこと、信じたいのに。お父さんのことがわからなかった。

私は枕をぎゅっと握りしめて、鼻を枕にこすりつけるように押し当てた。

ごめんね、エレン。私、勇気がなくて、聞けなかった。エレンのこと、確かめられなかった。お父さんにすら、聞けなかったの。村の人たちを、責め立てる勇気なんて、ない。でもね、だから――。だから、私が最後まであなたと一緒にいる。そばにいて、ずっと、友達のままでいる。絶対、さみしい思いをさせないから。

そう決意すると、嘘をついた罪悪感が薄まっていく気がした。

私は、握りしめていた手をゆるめて、そのまま、眠りに落ちた。

6

次の日の朝。

私が目覚めると、お父さんは仕事に出たあとだった。

一人きりの朝は慣れているのに、昨日、お父さんと喧嘩《けんか》をしてしまったせいか、気分が晴れない。

窓から見る空は、雲ひとつない快晴だった。まるで、今の私の気分と真逆だ。陽射しから元気をもらおうと考えて、私は窓枠にもたれかかった。

昨日のことを考える。

お父さんが帰ってきたら、もう一度ちゃんと話そう。

――エレンのこと。

村の大人の人、みんなとは話せなくても、お父さんにだけは、話してもらおう。一緒に、彼女に会いに行ってもいい。もしかすると、人のいいお父さんのことだから、病気の子どもを隠すことだって、村の人に流されて決めただけなのかもしれない。反対できなくて、しょうがなく、受け入れただけなのかもしれない。

うん、きっと、そうよ。

太陽の光を浴びて開いていく葉のように、私は、しだいに元気を取り戻していった。

エレンの家に向かう支度をする。そして、机の上に手紙が置かれていることに気がついた。

かさり、と手に取る。

お父さんからの手紙だった。

昨日の夜、または、今日の朝、書いたものだろうか。

何気なく、手紙を開きかけて――やめた。急いで折りたたみ、胸に抱く。そこには、知りたくないものが書いてあるかもしれなかったから。

どくどくと、不安で高鳴る心臓の音を聞いた。

陽の光を浴びたところで、簡単に勇気が出るものではないのだと、私は自分自身を情けなく思った。あとで読もうと、手紙をスカートのポケットへ押しこんで、家を出た。

森の中。

私はかごを持って、花を摘みながら歩いていた。

エレンに喜んでもらうためだ。悪くなった目でも、はっきりと見えるように、色の強い花を。香りの良い花でもいい。彼女の家には、薔薇ばかり飾られているから、ありきたりな花でも、きっと喜んでくれるに違いない。

あっという間に、かごは、色あざやかな花でいっぱいになった。

エレンの家に向かおうと、花畑から抜け出したとき、

「いたっ」

ちくりと目が痛んで、片目を押さえた。虫か何かが、目に飛んできたようだった。

ついてないなあ。

私は、目をこすりながら、道を歩いた。

青い花と赤い花の花畑を抜けた先。

私は足をとめた。

木々に囲まれた道の真ん中に、黒猫がちょこんと座ってこちらを見ていた。

まるで、通せんぼしているかのようだった。黒猫が外にいるのはめずらしいと、不思議に思ったそのとき、

「やあ」

少年のような声で、黒猫が喋《しゃべ》った。

私と黒猫の間を、ざあっ、と風が吹き抜けていった。

私は思わず周りを見回して、誰もいないことを確認した。それから、もう一度、黒猫を見た。

やあ？　やあと言ったの？　この黒猫は。

私が驚いて何も言えないでいると、黒猫は、かわいらしく首をかしげて、ふたたび口を動かした。

「エレンと仲良くしてくれてありがとう」

その声は、間違いなく、黒猫から発せられていた。

「でもまあ、君より僕のほうが仲良しだけどね」

そう言って、えへん、と黒猫は小さな胸を張ってみせた。

私は身構えるように、花かごをぶらさげた腕を身体にひきつけて、おそるおそるつぶやいた。

「猫ちゃん……、喋るの？」

「そうだよ」

黒猫は平然と答え、長い尻尾を大きく揺らした。

「彼女は魔法が使えるからね」

「魔法？」

「そ、魔法」

そのおとぎ話めいた言葉に、私はあっけにとられた。しかし、不思議と違和感を覚えなかった。

エレンの魔法で、この黒猫は話せるの？

そういえば、私をこの家に誘いこんだのも、黒猫だった。

友達が欲しい。そんな彼女の願いを聞いて、黒猫は、私を連れてきたのかもしれない。

自然と、あの部屋で、エレンと黒猫が会話をしている光景が思い浮かぶ。それは、不気味というよりは、幻想的なもののように思えた。

微笑ましさに、顔がほころぶ。

私の反応が期待はずれだったのか、黒猫は大きく首をかしげた。

「驚かないの？」

私はうなずく。

「……なんだか、不思議な子だもの」

「ふうん」

黒猫はつまらなそうに、鼻をならした。それから、明るい調子で言った。

「なんで、君はエレンと仲良くしてくれたの？」

「なんでって……」

とうとつな質問に面食らって、答えを用意するうちに、次の言葉でかたまった。

「かわいそうだったから？」

「え？」

ひゅう、と。私と黒猫の間を、風が吹きぬけていった。

「病気のエレンが、弱くて汚くて、見下すことができたから、安心してつきあえたんだろ？　同情して、健康な自分の身体を見て、安心してたんだろ。自分だけが彼女の友達っていう、優越感は気持ちよかった？」

よくない風が吹いて、私のスカートをばたばたと揺らす。

私はとっさに唇を開いた。けれど、すぐに言葉が出てこなかった。じわじわと、頭の中が熱くなっていって、それが、黒猫の言葉に脳内が侵食されはじめたきざしだと思うと、私はあせった。

私は何かに抵抗するような気持ちで、言った。

「――そんなんじゃないわ。最初は、確かに、かわいそうだったからだけど、そのうちに、本当に、エレンちゃんとは友達になったのよ」

「へえ」

黒猫は私よりも低い位置に座っているくせに、まるで私を見下ろすように、軽く顎《あご》をあげた。

「弱いものには優しくしなきゃいけないって教わったの？」

「当然にそう思ったのよ」

「ふうん。ま、いいけど」

黒猫はそう言って、黙りこんでしまった。

なんなのだろう。この黒猫は。

私は、目を見開いて、黒猫を見る。

この子は、優しい友達じゃない。さっきまで思い描いていたエレンと黒猫の仲むつまじい光景は、幻のようにかき消えた。

森の空気が、がらりと変わってしまったように感じた。

私は、黒猫を無視して通り抜けたいと思った。なのに、なぜか私の足は動かなかった。

「彼女は、今日、死ぬよ」

「え？」

「確実に。今日ね」

そう言って、黒猫は私をうかがうように見、かたほうの耳をぴくっと動かした。

「あれ。おかしいな。今、安心した？」

私はぎくりとした。

「してないわ」

「ふうん」

黒猫は、じっと私を見ていた。その、金色の瞳。まるで、心の中を見透かしていると言わんばかりの。私は、思わず目をそらした。彼女が死ぬと聞いて、私は本当に安心したの？

そんなはずない。

「エレンが魔法を使えるのは言ったよね」

私は肯定のつもりで、黒猫を見つめ返した。

「彼女はね、病気が治る魔法を使えるんだ。それはね、君と身体を交換する魔法なんだよ」

どくんと、心臓がはねた。

身体を、交換する？

意味がわからない。

「魔法を使って、彼女の身体と、健康な君の身体を、取り替えっこするのさ。そうすれば、彼女は健康になれるからね」

黒猫の言葉に、動悸がはやくなる。

そんな。

そんなこと。

私は、首を横に振った。そんなこと、できるわけない。そんな魔法があったって、エレンが使うはずがない。だって、そうしたら、

──私が死ぬじゃないの。

「冗談言わないでよ」

裏返った声で言う。

確かに、代わってあげられたらいいのにと、昨日の私は思った。でもそれは、自分の死と結びつけて考えたものじゃない。

額に汗がにじんでいく。

黒猫は、私の言葉を無視して続けた。

「彼女は今ごろ、目をえぐって、足を切り落としてるだろう。なぜかって？　身体を交換したあと、君が、ちゃあんと絶望して死ねるようにさ」

黒猫の言葉に気持ち悪くなって、私は思いっきり眉根を寄せた。

あのエレンが？　どうして。

「そんなこと、しないわ」

「そんなことって？」

黒猫は首をかしげる。

くりくりとした丸い目で、私を見つめてくる。

「君と身体を交換する魔法を使うこと？　目の中に指を突っこんで、目玉を引きずり出すこと？　腐った足を、鼻歌を歌いながら切り落とすこと？　君を絶望させようと思ってること？」

吐きそうになって、胸元を強くつかむ。やめて、やめてよ。気持ち悪い。私は一体、なんて言い返せばいいの。

黒猫は、そんな私の様子を見て、とても楽しんでいるように見えた。目を閉じて、優雅に語る。

「君は見る。彼女の部屋で。両目に包帯を巻いているエレンを。目の病気が悪化しちゃったんだって、彼女は言うのさ。綺麗なシーツがかぶさってて、彼女の足がないことには気がつかない。それで部屋中、変な臭いがするんだ。鉄さびみたいなね。それが血の臭いだって、君は知ってる。でも、だからって、顔をしかめて逃げ出そうとはしない。だって、君はエレンの友達だから。苦しむ彼女を置いて、逃げることなんて、できないんだから。むしろ、逆さ。苦しむ彼女のそばにいてあげようと思ったから、君は今日も、遊びに来たんだからね」

私はとっさに、手で口を押さえつけた。喉のすぐそこまで、胃液がこみあげてくるようだった。

黒猫の言葉は、容赦《ようしゃ》なく私の内臓をかきみだす。勝手に脳みその中に入り込んで、その光景を浮かび上がらせる。

どうして、わかりきったように言うの。

まるで、その光景を見てきたかのように、言うの。

立っていられなくなって、近くの木に手をかける。

「君は、そんな死にそうなエレンを見て、どう思う？ かわいそう？ それとも、気持ち悪い？」

押し寄せてくる不安の波に逆らうかのように、私は悲鳴に近い叫び声をあげた。

「なんとも思わないわ！ エレンちゃんはエレンちゃんよ！」

「なんで叫ぶんだよ。余裕がないの？」

くすくすくす。どこかからか、笑い声が聞こえる。誰よ。誰なの。黒猫の声じゃないでしょう。

私は、目を見開いて黒猫を見た。

涙が止まらない。おかしい。虫が入っただけにしては、痛みがひどい。

黒猫はのんびりとした口調で続けた。

「エレンは言うんだ。そんな状態でさ。一日だけ、身体を貸して欲しいって」

ずきっ。

突然、片方の目に杭《くい》を打ちこまれたかのような激痛が走り、目を押さえた。

「魔法が使える彼女の、最後の頼みだよ。そう、一日だけって言ってね」

黒猫は、『一日だけ』の部分をはっきりと発音した。

黒猫の言葉は、とてもいらいらした。聞きたくないのに、耳をふさぐことができない。目をそらしたいのに、そらすことができない。

黒猫は、続けた。

その口調には、ほんの少し、空気中の塵《ちり》一粒ぐらいの、哀れみがこめられていたかもしれない。

「ねえ。君は、エレンのことが好きだったの？　本当に、好きだったの？　ただの、同情だったんじゃないの？」

「本当に、彼女の病気が怖くなかったの？」

「彼女のこと、信じてたの？　嘘をつくわけがないって。自分より年下の子が自分を騙すわけがないって」

「お父さんは、森の奥に近づくなって言ったんだよね。エレンなんて子、知らなかったんだろ。君が信じるべきは、エレンじゃなくて、お父さんのほうだったんじゃないの？」

「彼女は正直に生きた。君は、正直になれなかった。それだけだよ」

「でもね。もう、戻ることはできないよ。だって、君はもう身体を交換しちゃったんだから」

「だから」

「だから、今僕と話してるんだろ？」

そう言って、黒猫は、微笑んだ。

猫が微笑むなんて、あるわけがないのに。口の端がつりあがって、するどい牙と桃色の歯肉をのぞかせた。

その瞬間。

視界がぐにゃりとゆがんで、つま先から凍りついていくかのように、両足の感覚がなくなっていった。

強い風が吹いて、木々がざわめく。そのざわめきは、せせら笑いになって、私に向かって降りそそぐ。嘲笑《ちょうしょう》の波。その渦の真ん中に、私はいる。目が痛い。痛くて痛くて、涙が止まらない。息をすることすら、叶《かな》わない。

薄れゆく意識の中で、私は見た。

ベッドに横たわる、エレンを。

両目に包帯を巻いた、彼女を。

私は、いつもの椅子に腰掛けて、彼女の小さな手を、優しく握りしめている。

彼女の薄紫色の唇が、かすかに動いて。

胸を締めつける切ない声が、少し遅れて、耳に届く。

『一日だけ、身体を貸して欲しいの』

そうだ。私は、あのとき――

手にしていたかごが落ちて、花がはじけた。

第五章 Ellen

私は　すべてで　愛してあげる
あなたの指、声、瞳、全身で愛してあげる

私の目は　もういらない
私の足も　必要ない

あなたの目で　見ればいい
あなたの足で　駆ければいい

だから　私に頂戴《ちょうだい》
あなたのぜんぶ　私に

1

その〝魔法〟が使われた瞬間、森全体は暗闇に包まれた。

強い風が吹いて、驚いたように鳥が飛び立つ。

眠っていた獣たちは飛び起きて、それぞればらばらの方向を見て警戒した。この不穏な空気が、どこからやってくるのかわからなかったからだ。

その中で、ただ一匹。獣の子が、そのガラス玉のような瞳を、正しい方角に向けて見つめていた。

聡明《そうめい》な獣の子は、知っていた。

この森は、何者かによって支配されていることを。羆《ひぐま》などの動物よりも、さらに上の次元の存在。この広大な森を監視し、干渉する者がいることを。そして自分たちは、その者の手のひらの上で生かされているに過ぎないということを。

獣の子が見ていたのは、赤い屋根の――魔女の住む家。

この不穏な空気は、その家から発せられていた。

今、森の主に、何か変化が起きている。

かつてない、大きな変化が。

それが何かはわからなかった。もしかしたら、森の主の命に関わることかもしれなかった。

だからといって、嘆く気持ちはなかった。森の主が死んだとしても、自分たちはこの森で生きていくだけだったから。

獣の子の母親が、ついてこない子どもを見かねて鋭くほえた。


そのときだった。


雷が落ちる前のような閃光《せんこう》が、森全体に走った。

一瞬だけだった。真っ白な光は、一瞬だけ動物たちの視界を奪い、すぐに消えた。光が消え去るのと同時、黒い霧のような不穏な空気も消えた。

森は、何事もなかったかのように、昼間の明るさを取り戻した。

鳥や獣たちはすっかり安心して、動き出した。

――しかし、獣の子は動かなかった。

森には、おだやかな風が吹いていた。それはどこか、今まで森に流れていたものとは違って、とても悲しい音色をかなでているような気がした。

獣の子は、目や耳、身体のすべてで、それを感じ取っていた。しかし、その気持ちを表現するすべを持たなかったし、意味もなかった。

ふたたび、母親のほえる声。

子は母親のあとを追って、木陰に消えた。

もし、獣の子が、感情を伝えるすべを持っていたら、こう言っただろう。

今、ひとつの悲劇が終わり、そして、始まったのだ――と。

2

真っ白な光が、頭の中を埋め尽くした。

その光はしだいに消え去っていき、

――私は、ゆっくりと目を開けた。

さらさらと、木の葉が風に揺れる音が聞こえる。

とても静かだった。

そう思ったのは、ここが森の奥にある家の中だからじゃなかった。

耳の奥でやかましく鳴り響いていた、耳鳴りがない。

こめかみを打ち鳴らしていた、頭痛がない。

まったくの、無音。

私の身体からは、呼吸をする音と、脈を打つ音だけが聞こえてきた。

目が見える。

それだけで、自分の身体ではないことがわかる。

私は椅子に座ったまま、ベッドにつっぷしていた。

視線だけを動かして、自分の身体を確認する。

両の手の先には、包帯など巻かれていない。指の先まで、繊細《せんさい》に動く。両足だって、ちゃんとある。地面についている。足を包んでいるのは、包帯ではなく革靴だ。

ゆっくり身体を起こすと、肩で金髪の三つ編みが揺れた。


——間違いない。ヴィオラちゃんの身体だ。

魔法は成功した。

頬《ほお》がみるみる熱を持っていくのがわかる。両手で頬をはさんで、叫ぶ。

「わあ！　ありがとう！　ヴィオラちゃん！　私、ほら！　ヴィオラちゃんの身体になったよ！」

そう言って、ベッドの上に横たわる少女を見る。

ベッドの上の私――ヴィオラちゃんは、まだ意識が戻っていなかった。

両目には包帯が巻かれている。血色の悪い唇がわずかに開かれて、浅い呼吸を繰り返している。薄紫色の長い髪の毛は、ベッドにばらまかれるように広がっていて、小さな手が片方だけ、こちらに向かって伸びていた。

さっきまでつながれていた手。

握りしめていた感触が、まだ自分の手に残っている。

私の声に反応して、ヴィオラちゃんは眉をぴくぴくと動かしていた。やがて、意識を取り戻したのか、口からうめき声がこぼれた。

「う……、ああ……」

「ヴィオラちゃん！」

私は彼女の名前を呼んであげた。

ヴィオラちゃんは、私の声がするほうに、首をかたむけた。それから、微笑《ほほえ》もうとして、顔を醜《みにく》くゆがめた。

突然、頭でも殴られたかのように額を押さえて、叫び始めた。

「ああっ、――う、あああああああああ」

「ねえねえ。ヴィオラちゃん。見て見て！　ほら、私だよ。ヴィオラちゃんの身体の中に、私がいるの。わあ、すごいなあ。痛くない身体って、こんなに軽いんだね」

私は椅子から立って、スカートをふわりと一回転してみせる。

「うああっ、はっ……、はっ……」

「あ、ごめん。目、見えないんだよね」

私は、そっとヴィオラちゃんの額に手を触れた。その手は乱暴にはじかれた。

身体の痛みでまともに反応できないんだ。そう思うと、楽しくなる。はじかれた手の痛みなんて、天使の羽になでられたようにむずかゆいだけだ。

「あっ」

私はいまさら気づいたかのように、小さく叫んで口に手をあてた。心配している口調でささやく。

「……ヴィオラちゃん、痛いの？　ああ、痛いんだよね。そうだよね。ごめん、待ってね？　今、痛み止めのお薬出してあげるね」

「……お、おねが……、い」

ヴィオラちゃんは息を切らしながら、泣きそうな声を出した。

私はそんな彼女を横目に見ながら、戸棚に向かった。引き出しを開けて、薬はすぐに見つかった。でも、わざと棚の中身をひっかき回して、時間をかせいだ。

ヴィオラちゃんはシーツをつかんで、必死に痛みに耐えている。ああ。その姿。とても滑稽《こっけい》で、愛《いと》おしい。

そのうちに、焦るような衣擦《きぬず》れの音が聞こえてきた。

何かに気づいたらしい。

「え、エレンちゃん、あ……、足、足が……」

「え、なあに?」

「あ……」

気こえないふりを装うと、ヴィオラちゃんはつばをのみこんで、それ以上何も聞いてこなかった。

足がどうしたって? やだわ。いまさら足がないことに気がついたのかしら。

馬鹿じゃないの。

私はじゅうぶんにじらしたあと、薬を手に取り、ベッド脇のテーブルまで戻った。

コップに水差しから水を注ぐ。

水の注がれる音に、ヴィオラちゃんはいくぶんか身体の緊張を解いたみたいだった。

それから、飴玉《あめだま》のような薬をひとつぶ、コップの中に落とす。薬はあっという間に溶けてなくなった。

水の色は、相変わらず透明。

だけど、この薬は痛み止めなんかじゃない。

「はい。これ。ヴィオラちゃん、これ飲めば楽になるよ」

彼女の両手を優しく包みこみ、コップを手渡す。

ヴィオラちゃんはお礼を言って、薬の入った水を一気に飲み干した。

こくん、と、彼女の皮ばかりの喉《のど》が鳴る。ほんの少しの間を置いて、コップは宙に舞った。

コップの中身が床にぶちまかれるのと同時――

「あはははははっはっは!! 飲んだ、飲んだ、あははははははははは!!」

私はおかしくてたまらないという風に、叫んだ。

ヴィオラちゃんは、舌を前に突き出して、両手で喉を押さえていた。はあっ、はあっ、とかすれた息を吐きながら、震えている。

何が起きたのかわからないようだった。目に巻かれた包帯の隙間から、じんわりと血がにじんでいる。

私はひとしきり笑ったあと、目じりの涙をぬぐいながら言った。

「……あはは、それねえ、喉を焼く薬なの」

ヴィオラちゃんは身体ごと私のほうを見た。

なんで？　そう訴えているような気がした。

だから私は答えてあげる。

「……だってね？　私の叫び声なんて、聞きたくなかったんだもん」

「……、……」

ヴィオラちゃんはまだ必死に喉を押さえていた。

叫ばなくなって静かになったけど、息づかいが荒い。

まるで野生の獣みたい。

私はヴィオラちゃんを少し冷めた目で見た。

「痛い？　……ねえ、痛い？　あちこち、痛いでしょ？　私の身体、ずうっと、そんな感じだったんだよ。知らなかったでしょ？」

「……、……、……、……」

「ああ。でも今は、喉の痛みでわかんないかな。あっ、そうだ。喉が痛いから、病気の痛み、忘れられたんじゃない。少しの間だけど、痛み止めになったね、なあんて。うふふふ」

面白い冗談が思いついたとばかりに、笑う。

彼女は小刻みに震えていた。そのうちに、暴れはじめた。痛みをまぎらわすために、そうするしかなかったのだと思う。

あまりにも暴れるので、ふさいでいた足の傷口から血が噴き出した。あらら。一瞬でベッドが血の海になっちゃったわ。

勢い余って、上半身だけの身体は、どちゃりとベッドから転がり落ちた。

私はとっさにあとずさる。

せっかくの綺麗なスカートに、血がついたら大変、大変。

足元の〝それ〟は、両腕で床にしがみつき、必死に意識を保っているように見えた。ひゅう、ひゅう、と情けない呼吸を繰り返している。私の位置すら、よくわかっていないらしい。

〝変な生き物〟。

私はかつて自分の身体だったものを、そう思った。

床に落ちたときにぶつかったのか、鼻血がたれていた。

ヴィオラちゃんは、つぶれた喉から、必死に言葉を押し出している。

同じ言葉を繰り返しているように聞こえて、私は注意深く耳をすました。

「ぁ……、ぇ……、……、ェ…………」

――かえして。

おそらく、彼女はそう言っていた。

それを聞いたとき、眉間に、つうんと何かがこみあげた。

ああ。私はその言葉をずっと待っていたような気がする。

ずっと聞きたかったような気がする。

私はとても意地悪な気分になって、たずねてみた。

「……返して？　一日、貸してくれるんじゃなかったの？」

ヴィオラちゃんは一瞬だけかたまって、首を振った。切実に、首を振っていた。心から謝っているみたいだった。

私は両手を腰のわきに下ろして立っていた。

ヴィオラちゃんは私の足元に這《は》いつくばっている。

私は少しだけ首を横にかたむけて、眉根をよせながら、彼女を見下ろした。その表情は、見くだすといったほうが正しかったのかもしれない。

「やだよ。だって、一日だって約束じゃない。……もしかして、嘘だったの？」

嘘じゃないことは知っている。

私はわざと聞いた。

ヴィオラちゃんは、歯を食いしばって、奥歯をがちがちと鳴らしていた。歯の間からはよだれが出て、鼻血と混じってぐちゃぐちゃだ。血の涙はあふれ出して、包帯を真っ赤に染めあげている。

「ふ」

そのまぬけな顔に、思わず笑みがこぼれる。

私はスカートを抱えて、しゃがみこんだ。やさしい手つきで、彼女の耳にかかる髪をかきあげる。あらわになった耳元に唇をよせる。

そして、裏切られた悲しい気持ちを打ち明けるように、ゆっくりと、丁寧《ていねい》に、息を吹きこむようにささやいた。

「……ひどいよ、ヴィオラちゃん。ヴィオラちゃんがそんなこと言うなら、私だって、返さないよ。……ずっとずっと、この身体、借りてあげるよ」

ヴィオラちゃんの身体がかたくこわばった。周囲の空気がぴりっとなって、彼女が全身で危機を悟ったのが、こちらにも伝わってくる。


しかし、いまさら？

――遅すぎる。


私は笑った。笑いがこみ上げてきた。止められない。どうしようもない。口角がつりあがって、止められない。ああ、いけない。ヴィオラちゃんは、こんな笑い方しないのに。

私は両頬を押さえて立ち上がる。

「そんなに大事なら、手放さなきゃいいのに!!　アッハハッハハッハッハッハッハッハハハハハハハハハハハハハッハッハハッハッハッハッひぃーーーひひひひいはははははひひはははあはははははあはははは!!」

ヴィオラちゃんは声にならない叫びをあげて、こちらに向かって手を伸ばしてきた。

私は、ばねのように飛び跳ねてかわした。痛みのない身体は、羽のように軽い。

彼女の手は強い力で椅子にぶつかり、椅子は派手な音を立てて後ろに転がった。

その拍子に、彼女の両目に巻かれていた包帯が、ばらりと落ちる。

真っ黒にくりぬかれた瞳は、大きく見開かれていた。

その目。まるで暗黒。絶望の象徴。

もし、何も知らない人間がその目を見たら、恐怖で身動きがとれなくなったかもしれない。ぽっかりと空いた黒い穴に、魂を吸い取られてしまうような錯覚におちいったかもしれない。

でも、私には何の興味も湧《わ》かなかった。

ただの、目のくぼみじゃないの。

私は笑いながら部屋を飛び出した。

風のように廊下を駆ける。

薔薇の花瓶を横切って、赤い花びらが何枚か散った。

木の階段を駆け下りる。

しいんと静まった家の中に、私の軽快な足音と、はずむ息だけが響く。

走る。走れるわ。

私は自分の足で走っている。

この身体は幻じゃない。床を踏む足。扉を押す手。風を切る肩。ゆれる髪。光を取りこむ目。すべてが本物で、私のもの。

厨房、食堂、見慣れた部屋を抜けて、あっという間に玄関にたどりついた。

玄関の扉に、そっと手をかける。

ひやりとした取っ手の感触。

ほんの少しの間を置いて、一気に押し広げた。

――直後。

ぶわっ、と風が舞い上がって、私の髪とスカートをばさばさと揺らした。

草の匂いが鼻の奥を突き抜ける。

目に飛びこんできたのは、真っ赤に咲きほこる薔薇の庭。

今まで、家の中から眺めるしかなかった我が子たち。

私は、その強い色彩にひきつけられるように、片足を一歩前に出した。

その一歩は、もしかしたらためらう必要もあったかもしれない。

ぎゅっ、と土の地面を踏みつけた瞬間、思い出したのだ。

家の外に出た瞬間、魔法が解けて、くずれ落ちる自分の身体を。


しかし、どうだろう――。


私はしっかりと地面に両足をついて、立っていた。

頭を殴られるような衝撃もない。皮膚が溶けていくような熱さもない。ヴィオラという人間の身体は、完全に家から切り離されて、形を保って存在していた。

感激して、目頭が熱くなる。

何の痛みもともなわない涙があふれてきて、頬をつたって落ちる。

太陽の光を受けてきらきら光る薔薇は、私に向かって拍手を送っているかのように見えた。

そういえば、この家に来たときも、拍手の音を聞いたような気がする。

あのときは、歓迎の拍手だった。私が、魔女になったことを喜ぶものだった。今のこれは、送別の拍手だわ。

まぶたを閉じて、この身体に残る記憶を見る。

すべてがわかる。愛される未来。愛する未来。この身体の先にあるもの。すべてが、手に取るようにわかる。私は手に入れたの。——愛《いと》おしい身体を。

私は自分自身を抱きしめるように肩を抱いた。自分に口付けがしたい。その衝動は左肩への口付けになった。

ばさばさっ、と鳥が飛び立つ音がして、顔をあげる。

強い陽射しに目を細める。

もう、鳥がなんて言ってるかわからないわ。

私は笑って、飛ぶ鳥のあとを追うように走り出した。

背中に祝福の風を受けながら。

駆けて、駆けて。薔薇に囲まれた庭を抜けた。

——日記が見える。

私にはもう、魔力なんてない。ただの人間になったはずなのに、はっきりと見える。私の部屋。机の上で、私の日記が開かれている。勝手に羽ペンが動いて、さらさらと文字をつづっていく。

日記に刻まれる最後の文章。

私の最後の言葉。

彼女は　殺さない

だって　彼女は
私を　この病気から　救ってくれるから

私は　彼女と　〝友達〟になることにした

結果。
彼女は　私を　救ってくれた
彼女は　私と　身体を交換してくれた

なぜなら　彼女は　優しかったから
彼女は　私を　裏切れなかったから

かわいそうな彼女
かわいそうな彼女

彼女は　私を　救ってくれた
この病から　救ってくれた

ごめんね？　ヴィオラ　ありがとう

あなたのぶんまで　生きてあげる
あなたのぶんまで　あなたのお父さん　愛してあげる

だから　許して頂戴《ちょうだい》

終章

ひゅう、ひゅう、と音がする。あまりにも近く、胸が上下するたびに聞こえるので、それが風の音ではなく、自分の口から吐き出されている音だと知る。


エレンの家に向かう、森の小道で。

黒猫は、聞きたくない言葉を投げつけてきた。

話の終わり。黒猫の言葉で意識を失った私は、冷たい床の上で目を覚ました。

目の前は真っ暗で何も見えない。

私の荒い息づかいだけが聞こえる。

太ももから下の感覚がなくて、それは、実際に足がないからだと思い出す。

耳の奥には、今しがた聞いたばかりの黒猫の声と、『私』の笑い声がこびりついていた。

『私』の？

そう。

私は、私の笑い声を聞いた。私の身体が、笑いながら、この部屋を飛び出して、廊下を駆け抜けていく音を聞いた。

私は、ヴィオラ。十三歳の少女。

田舎の村で、猟師《りょうし》のお父さんと、二人きりで暮らしている。

だけど、今の私の身体は、エレン。

生きるはずのない時間を生きた、病気の魔女。


——私は、彼女と身体を交換して、ここにいる。


今まで見てきたのは、この身体に残る、エレンの記憶だった。

彼女の魔力が気まぐれにつづる、日記の内容だった。

貧民区での暮らし。病気で寝たきりの日々。愛してくれなかった両親。二人を殺して、逃げ出した路地裏。悪魔に出会って、連れてこられた家。魔女になって、過ごした日々。それから、病気を治す魔法を受け取ったあと、私を見つけて、私と、身体を交換するまでの。


あのとき。

花かごを持ってこの部屋をおとずれた私は、苦しそうに息をしているエレンを見た。

彼女の両目には包帯が巻かれていた。

私は花かごを放り出して、駆け寄った。

彼女の手を握りしめて、小さな唇からこぼれるかすかな言葉を、一字一句聞き漏らすまいと、真剣に聞こうとした。

今思えば、そのとき、どんな言葉を交わしたのか、正確に覚えていない。思い出すことができない。

二言三言、話したあと。

彼女は、魔法が使えると言った。

そして、一日だけ、身体を貸して欲しいと言ったんだ。

私は彼女を可哀想《かわいそう》に思って身体を貸してあげた。

――それなのに。

エレンは、私を置き去りにして逃げた。

喉《のど》を焼く薬まで飲ませて。ずっと、身体を借りてあげると言って。

彼女の裏切りの言葉が、耳の中でこだまする。

笑い声が胸に突き刺さって、心の肉をえぐりだすようだった。

身体中に火がついたように熱い。私はひどい悲しみに嗚咽《おえつ》を繰り返した。

私は、あなたを友達だと思ってたのに。

どうして。

——どうしてだって？

黒猫の声が聞こえる。

——まだ君はそんなことを言ってるの。

——わかっていたくせに。

黒猫の声？

違う。

その声が黒猫のものじゃないと気づいたとたん、突然、切るような痛みが喉《のど》に走り、私はあわてて咳きこんだ。

喉の奥に刃物をつっこまれて、ぐりぐりと掻き回されているようだった。

——本当のことを言わないと、続けるわよ。

そんな声が聞こえるような気がした。

まるで、自分の身体に拷問《ごうもん》されているようだ。

私は力任せに喉をつかんで、床に額をこすりつけながら必死に耐えた。

汗でびっしょりになりながら、頭の隅は、どこか冷静だった。もうろうとする意識の中、私は、ああ、としぼりだすような声をあげた。


わかっていた。

彼女の身体になったら、苦しいんだろうって。

でも、自分より年下の女の子が耐えているんだから、そんなに苦しくないと思ったの。

自分でも耐えられると思ったの。

もし、身体を奪われたら？

身体を貸したまま、返してくれなかったら？

そんな考えも頭をよぎった。

でも、そんな恐ろしいことを考えてしまう自分が、恥ずかしいと思った。

だけど、恥ずかしいって何？　一体、なんに対して？

私を信じてくれる、エレンに対して？

善良であるべきだとうたう、世の中の声に対して？

私の本心はどうだったんだ。

嫌だったんじゃないか。

――死にかけの身体に入るなんて。


ああ。

そうだ。


私は彼女と身体を交換してしまった。

でもそれは、彼女が可哀想だからじゃなかった。

心優しい人間でいたかったからだ。

彼女を疑っていると思われたくなかったからだ。

「代わってあげられたらいいのに」と言った自分の言葉を、嘘にしたくなかったからだ。


私は、恐れていた。

あのとき。あの部屋で。死の臭いを撒き散らす彼女を。

私の足は、逃げ出したくて震えていた。

私の手は、彼女を突き放したくてたまらなかった。

しかし、それ以上に恐れたのだ。

嫌だと言って、自分に向けられる失意のまなざしを。

それはきっと、冷たい氷の刃となって、私の心をずたずたに引き裂くに違いなかったから。

私は、彼女の願いを聞き入れた。

一日だけでも、彼女に自由を味わわせてあげたかったから。その間、彼女の苦しみに耐えるのは当然だと思ったから。

彼女のことが好きだったから。彼女が可哀想だったから。

彼女を疑うことがあるはずがないと言わんばかりに笑みを浮かべて。

彼女を思う真摯《しんし》な気持ちから、身体を貸してあげるのだと思いこんだ。

でも、そんなのは全部でたらめだった。


私は、甘美な友情を信じるふりをして、自分の心に嘘をついたのだ。


——そんなに大事なら、手放さなきゃいいのに。

彼女の言葉がよみがえる。

彼女は、愛されることを望んでいた。

私もまた、同じだったんじゃないか。

私もまた、愛されたかった。
最後まで、彼女の心優しい友達でいたかった。彼女が信頼を置く、唯一の友達でいたかった。好きだと言ってくれた彼女を、好きでいたかった。自分を信じてくれる彼女を、裏切れないと思った。たとえ、自分の身体を手放すことになっても。

私は、嘘をつくべきでなかったのに。
信じるべきは、心の底で嫌だと叫んでいた自分だったのに。
彼女のことなど知らないと言っていた父だったのに。
──もう戻ることはできないよ。
黒猫の言葉がよみがえる。
記憶の中で、黒猫の身体はかき消えて、私の姿になる。
聞きたくないと思っていた黒猫の言葉は、すべて、私の言葉だった。

──『一日だけ、身体を貸して欲しいの』
泣きそうな声で、うったえかけてきた彼女。
かすかに震えながら、彼女の手を握っていた私。

あのとき、私の魂は試されていた。

そして、私は、負けたのだ。


いつの間にか、喉の痛みは引いていた。

その代わりに、目の奥から熱いものがじくじくと、あふれてくるのを感じていた。見えなくても、それが赤い色をしているのだと思った。

涙のようでいて、それは不思議と心地よかった。

エレンは、私がこうすることを知っていた。

私と出会う前から。私を、森の中で見つけたときから。

私が優しいから、裏切ることはできないと。

私が愚《おろ》かだから、断ることはできないと。

彼女といると居心地がよかったのは当然だ。だって彼女は、私よりも、私のことを知っていたのだから。

彼女は、私の瞳をのぞきこみながら、私のことを見ていなかった。

私という身体、そしてその向こうにある人生、風景、すべての未来に思いを馳《は》せて、うっとりした表情を浮かべていたんだ。


体液まみれの床で、耳鳴りを聞く。

こうして冷たい床に這《は》いつくばっていると、ずっと昔から、ここにいるような気がしてくる。

そんなはずはないのに。私はヴィオラなのに。

でも、今の私はエレン。数百年も、この家で生きてきた魔女。

この身体は彼女のことを覚えていて、嫌がる私に面白がって、彼女の記憶を見せようとしてくる。

彼女は、数え切れないほどの悪意を抱えていた。

理解しようとすると吐き気がした。

彼女は、私のことをよく知っているのに、私には、彼女のことがわからなかった。唯一、理解することができたのは、ただひたすらに、彼女が愛されることを望んでいた。そのことだけ。

望みのために、彼女は多くの人間を犠牲にしてきた。

彼女は、子どもが蟻《あり》を踏みつぶすのと同じ感覚で、人の頭をつぶしていた。そしてそれが、苦痛を与えることも知っていた。

彼女のために死んでいく人間は、みんな彼女の友達だった。

そして私も、そのうちの一人。

彼女にとって友達とは、単に人を区別する記号に過ぎなかったのだ。


——一体、どうして？


私の貧しい想像力は、エレンがこんな狂気にかられた原因を探していた。

貧しい暮らし？　持って産まれた病気という不運？　愛してくれなかった両親？　悪魔のささやき？

彼女は、一体、どこで間違ってしまったのだろうか。

彼女の心を正しい方向へ戻すには、どうすればよかったのだろうかと。

そんな考えをめぐらす私を、見下ろしてくる影があった。

エレンだ。

記憶が作り出した幻だろう。記憶の中のエレンは健康な姿をしていて、哀れむような表情を浮かべて私を見下ろしている。エレンは、私の元にしゃがみこむと、抑揚《よくよう》のない声で告げた。

――何言ってるのかわかんない。私は間違ってないわ。いつだって、正しい方向に生きたのよ？

げほっ、と喉の奥から何かが飛び出した。喉の皮膚が剝《は》がれたものか、胃の中のものか、わからない。鋭い痛みに、エレンの幻はかき消えた。

めまいがする気持ちで、目を閉じる。

視界は真っ暗なまま変わらなかったけれど、目のくぼみに入りこむ空気がさえぎられて、なんとなく、安心したような気がした。

私は死ぬ。この部屋で。

持ち主の魂が抜け出して、この身体は喜んでいる。役目を果たした細胞たちは、私の魂とともに、死の床につくのを待っている。

――絶望することが、魔女の死ぬ条件なんて？

だったら、私はとっくに、死んだわ。

彼女が、私を裏切ったときに。

私が、自分を裏切ったと知ったときに。

最後まで、彼女は魔女だった。

最後まで、私で遊んでいた。

悪魔が喜ぶような方法を、私が絶望して死ねるような方法を選んで楽しんでいた。私と関わってきた日々は、すべて今日のための布石《ふせき》に過ぎなかった。彼女は、私と仲良く遊ぶことすら、遊んでいたのだ。

私は自分の命が、消える寸前のろうそくの火のように感じていた。

――何もしなくても、もう消える。

しだいに、呼吸や、耳鳴りの音が遠ざかっていって、
やがて、何も聞こえなくなった。


黒い布が、目の前にたらされたような、暗闇。


それでも、まだ、私の意識は完全に途切れていなかった。

走馬灯というやつだろうか。

それとも、別の何かだろうか。

真っ暗な世界に、白い山がぼうっと浮かび上がるのが見えた。

瓦礫《がれき》のように見えるそれらは、人間の骨。

大小さまざまな人間の骨が積み重なって、巨大な山を築き上げているのだった。

その山のてっぺんに、一人の少女が座っているのが見えた。

エレンだ。

エレンは目を閉じて、胸に光を抱えていた。

まるで、赤ん坊を抱く母親のように、安らかな表情を浮かべて。

それは、彼女のたったひとつの望み。

——愛されること。

彼女は、ただひたすら、愛されることを望んでいた。

そして、愛されるためには、健康な身体が必要だと思いこんでいた。

彼女の足元に積み上げられた白い山は、彼女が犠牲にしてきた、悪魔が食らってきた、人間たちの残骸《ざんがい》だろう。

それでも、おぞましいと思わなかったのは、私の意識が、エレンの記憶に侵食されてしまったからなのだろうか。

私はただ、静かな気持ちでその光景をながめていた。


数百年もの間、魔女として生きた彼女。

長い時を経て、彼女は、悪魔から病気を治す魔法を受け取った。

それは、ほかの誰かと身体を交換する魔法だった。

彼女は、私――ヴィオラの身体を求めていた。

彼女の私を求める思いは強く、記憶の残滓《ざんし》しか残されていない身体でも、強烈な光を放っていて、飲みこまれそうなぐらいだった。

彼女の思いは痛いほど伝わってきて、私の胸はせつなくなった。

十三年間生きてきて、これほどまでに求められることはなかったから。

私は、このままでもいいかと思い始めていた。

このまま、彼女の代わりに死んでもいいと。

私が犠牲になることで、ようやく彼女の望みは叶うのだから。

私の代わりに、生きてくれればいい。

お父さんと幸せに、暮らしてくれればいい。

そう思うと、安らかな気持ちで、死を迎えられるような気がした。

このとき、私は本当の意味で、彼女に同情することができたように思えた。


そのときだった。

彼女が、骸骨の山のてっぺんで座っていた彼女が、ゆっくりと目を開けた。

その瞬間、背中がぞわりとした。

彼女の瞳は妖艶《ようえん》な光を宿していて、まるで七歳のものとは思えなかったから。

彼女は、ゆっくりと視線を動かした。

視線の先には、洞窟《どうくつ》の出口のようなまばゆい光があった。そして、その光を背に、なぜか、私の父が立っていた。

胸騒ぎがした。

父の顔は、逆光で見えない。敷き詰められた骨を踏みしだいて、父は、ゆっくりとエレンに近づいていく。エレンのそばで立ち止まると、その無骨な太い腕を彼女に向かって差し伸べた。

幼い頃から見慣れた、父の手。私を叱ってくれた手。褒《ほ》めてくれた手。一人きりで働いて、私を育ててくれた手。

その手が今、彼女に伸びる。

嫌な予感がして、私はその手をはじきたい衝動にかられた。しかし、目の前で繰り広げられるのは映像だけで、自分の身体の所在すら認識できない私には、どうすることもできなかった。

踊りの誘いを受け入れるかのように、彼女は父の手を取った。

その手は、すでに七歳の少女のものではなくなっていた。

――私だ。

金髪の三つ編みを肩で揺らして、いつものスカートを抱えて座る私が、そこにいた。

私の身体になったエレンは、その緑色の瞳を、父に向けてほほえんだ。

――その笑みを見たとき、

私はすべてを知った。


彼女は愛されることを望んでいた。

でもそれは、ゆがんだ形で彼女の心に刻みこまれていたことに。


嫌悪感、不快感が背中をのぼってきて、口の中に苦い味を広げていく。

私は声にならない悲鳴をあげた。

――いやだ。気持ち悪い。何をするのエレン。あなた、お父さんに何をするつもりなのよ。

首を振った。振り続けた。この身体が覚えているエレンの感情を、何かの間違いではないかと、振り払うように。

だけど、間違いではなかった。エレンの細胞は笑っていた。むしろ、私が理解したことを喜んでいるようだった。

――いや。違う。そんなの、愛なんかじゃない。

私は身体の芯から震えあがった。

暴れ出しそうな身体を押さえるように、力強くこぶしをにぎった。

このまま死んでもいいと思っていた気持ちは、すっかり消えていた。

私が消えてなくなるのはいい。でも、父に害が及ぶとなれば話は別だ。

エレンの愛は、どれだけ父を傷つけるだろう。

どれだけ、私を苦しめるだろう。

全身の毛穴から汗が吹き出るようだった。身体中に力がこめられて、身体のあちこちから血が吹き出る。痛い。痛い。何も見えないのに、私の目は、何かを見ようと必死に見開かれている。

――ああ。いやだ。こんなことって、ない。

私は全身で後悔する。

――すべては私のせいだ。父の言うことを無視して、森の奥に入ってしまったから。彼女と出会ってしまったから。彼女を信じてしまったから。

死んでいいわけ、ないじゃない。

消えていいわけ、ないじゃない。

このままでもいいなんて思った自分も嘘だった。

この期におよんで、私は優しい人間でいたかったのか。

情けなくて、笑えてくる。でも、その笑い声はどうあがいても泣き声にしか聞こえないのだ。

頭が熱くて、張り裂けそう。

息があがって、心臓がつぶれそう。

私は芋虫のような身体でのたうち回った。

暗闇の中で、二人の舞台は続いていた。

私の顔でほほえむエレンは、父に手を引かれて、骸骨の山がひしめく暗闇から、光のさすほうへ出て行こうとする。

――やめて。行かないで。

私は必死に叫ぶ。

――私の顔で笑わないで。私の手でお父さんにさわらないで。やめてやめてやめてやめて――。
私が見ているのは幻だ。私の声が届くわけなんかない。だけど、エレンは私に気がついたかのように、こちらを振り向いた。
エレンの顔は、逆光でもないのに真っ黒に染まっていて、唇《くちびる》だけが印象的な赤い色をしていた。
その、唇。彼女の赤い、赤い唇が吊りあがって――

「――――――――――――――――――――」

私は絶叫した。

喉がつぶれているのなんて、関係がなかった。
壊れた笛の音のような悲鳴が、部屋中に響き渡った。
吐しゃ物と、血をまきちらしながら、絶叫し続けた。
頭の中が、
エレンに対する憎悪と、
自分に対する後悔で、
いっぱいになり、

私の身体はくずれはじめた。


ああ。

死ぬのだと。

そう思った。

——でも、ちがった。


消えていったと思った身体の破片は、無数の花びらになり、突風に巻き上げられるように宙に舞った。

それらは家中にばら撒かれ、新たに、壁や床を生成していった。

私を中心に、嵐が巻き起こっている。

目が見えないはずなのに、その光景がはっきりと浮かび上がる。

私は動揺した。

身体が消えていくと感じたのは、魔力を外に放っている感覚だった。

私は無意識のうちに、この身体にわずかに残っていた魔力のかけらに命令して、魔法を使っていたのだ。

消える寸前のろうそくの火だと思っていた自分の命は、いまや燃え盛って大きな炎と化していた。

心臓の鼓動が、どんどんはやくなっていく。

感情が、止まらない。魔力の流出が、とまらない。号泣したときの快感にも似て、止めることができない。

――突然、頭の中に光景が浮かんだ。

見知らぬ男性が針につらぬかれて死んだ。その光景をもとに、針の床が作られていった。

子どもが巨大な蛇に背骨をへし折られて死んだ。その光景をもとに、蛇がすむ部屋が作られていった。

虐殺の歴史。それは、エレンがこの家で人間を殺してきた記憶。この身体に残る魔力は、彼女の記憶をもとに、家の仕掛けを作り出していくのだった。

猛烈な息苦しさが襲う。

全身が引き裂かれるような感覚に見舞われる。

こんなもの、見たくない。私はがらんどうの目を覆った。しかし、残酷な光景は容赦《ようしゃ》なく繰り広げられ、家は生成をやめなかった。

目が熱い。痛い。目の奥から、頭の中から溶岩が湧《わ》いてくるようだった。私は目に指をつっこんだ。熱い。何も変わらない。私は叫んだ。

私は、この家を知っている。

赤い絨毯《じゅうたん》は悪魔の舌。振り下ろされる刃は悪魔の犬歯。

この家の仕掛けすべてが、人間の絶望を味わうための器官。

この家は、悪魔が人間を食べるために作った家。

彼女が数百年を過ごした家。

彼女が望みを育てた家。

ここは、彼女の、

——魔女の家。


私の魔力は、木の床を敷き詰め、石の壁をつみあげて、またたくまに家を構築していった。数年の歳月を要しそうな仕事は、わずか数秒のうちに終わった。

家が完成すると、今度はその魔力を家の外へと放った。

魔力の波が、森の空気をばりばりと壊しながら広がっていく。その衝撃で、鳥を驚かせ飛び立たせる。薔薇のつたが、どうもうな獣のように木々の間を突き進んでいく。

やがて、薔薇は、花畑にたたずむ一人の少女の姿を捕らえた。

その瞬間。

真っ赤な衝動が全身をかけめぐり、私はたまらず目の穴をかきむしった。

――私は、エレンを殺そうとしてるの？　殺したいの？　わからない。違うの。衝動が止まらない。身体を返して欲しいの。あはは。嘘。返してもらえると思ってるの？　違う。私は――

金髪の少女はこちらを振り向いた。

ばちり、と空気の壊れる音がして、

森は、閉ざされた。

はじめから

風の音が聞こえる。

木の葉がこすれあう音が聞こえる。

ゆっくりと目を開けると、つりがね状の可愛らしい花たちが、私を見下ろしていた。

見覚えのある花畑の真ん中で、私は寝ていた。

ちくっと頭が痛み、額を押さえる。

そうだ。私は気を失ってしまったんだ。

魔力の干渉を受けて。

魔力？　一体誰の？

――もちろん、『私』の。


「気がついた？」

聞き覚えのある声に視線を向けると、黒猫が私の顔をのぞきこんでいた。

明るい陽射しの下で黒猫の身体を見るのは、どれぐらいぶりだろう。

私は地面に寝そべったまま、頭だけを動かして周りを見回した。

むせかえるような花の匂い。頭の上で、赤い花と青い花が揺れている。

うっすらと青白い空が見えるけれど、周囲は深緑の木々に囲まれていて、ここが森の中だということがわかる。

間違いなく私の庭だ。

だけど、何かおかしい。

まるで、自分の家によく似た、他人の家にいるような気分だった。

一体、何が起こっているのか。

私にはだいたい察しがついていた。

「……これ、ヴィオラちゃんがやったの？」

「そうみたい」

黒猫はさらりと答えた。

私は、ぼんやりと思い出していた。

魔女の魔力は、魔女の身体に宿ることを。

あんなぼろぼろの身体にも、魔力が残っていたんだろう。ヴィオラちゃんは、その、かすみたいな魔力を使って、私を森の中に閉じこめたのだ。

ふいに、可愛らしい蝶が、ひらひらと頭の上を飛んでいった。私は、何気なく、それを目で追った。

のんびりとした午後の空気に、あくびが出そう。

そのうちに、蝶が見えなくなってしまったので、黒猫に視線を戻して聞いた。

「……こうなること、知ってた？」

「さあ。可能性はあったけど」

「言わなかったのね」

「聞かれなかったしね」

平然と答える黒猫に、怒る気にもなれない。

私はやれやれとため息をついて、上半身を起こした。

髪についた葉くずや花びらを取り払う。

「どうするの？　人間がこんなところにいると危ないよ」

黒猫の物言いに、私はいったん目を丸くして、それから吹き出した。

――人間だって。

言いたいことはわかる。

健康な身体を手に入れられたことへの賛辞と、非力な肉体になってしまったことへの皮肉だろう。

私は、葉くずをつまんだ指先を見た。

丁寧《ていねい》に切りそろえられた爪をながめる。

私はもう、魔女じゃない。

今、こうして黒猫が話しかけているけれど、私たちの間には、もうなんのつながりもない。この悪魔は気まぐれに、私という人間に話しかけているだけだ。

そう、いつかの路地裏で、初めて声をかけてきたときのような。

そのときと違うことといえば、私は、この悪魔を知っているということ。それから、私はもう、悪魔の助けなんて求めていないということ。

「そうね。どうしようかなあ」

私はたいして深刻そうでもなく言い放ち、立ち上がった。

スカートをはたいて、整える。

自分の足で地面を踏みしめる感触に感動しながら、一歩ずつ足を進める。

森の出口へ向かう。

道の両側の木立には、薔薇がからみついて赤い壁を作りあげていた。

その薔薇に、そっと鼻を近づけてみる。

なんの香りもしない。

花びらは、まるでかみそりの刃のように冷たく光っている。それで私の喉元《のどもと》を切り裂きらかしら。
なぜかしら。薔薇の持ち主に、力が残っていないから？　それとも、決意が足りないか
らかしら。
私は静かにほほえみながら、再び歩き始めた。道なりに進んで、これ以上進めないとこ
ろで足をとめる。
森の出口は、おそろしく巨大な薔薇によってふさがれていた。
私の身長の二倍はありそうだ。
今まで、私の手足だった薔薇。それらは今、違う意思をもって、私の前に立ちはだかっ
ている。薔薇の茎を、ゆっくりとなぞる。冷たく、まるで金属のように硬い。間違いな
く、私の身体の一部だったもの。そして今は、彼女の血肉も同然なもの。私は、この薔薇
を枯らすすべを知っている。彼女の身体を葬り去るすべを、知っている。
脳裏に浮かんだのは、一筋の光を受けて光る、小さな瓶《びん》。
いつの日か、棚の奥にしまいこんだ可愛い小瓶。エレンという魔女の身体を滅ぼす鍵。
彼女の力で形を変えた今も、あの家のどこかで眠っているだろう。それを取りに戻ればい
いだけの話。
――だけど。
私は薔薇を見上げて、哀れな視線を投げかけた。

このまま放っておいても彼女は死ぬだろう。

普通の人間、それも、十三の少女が、私の身体に入って耐えられるはずもないから。

私は生きた。

何十年も、何百年も。心を病気にむしばまれながら。

それでも、私が生きてこられたのは、絶望しなかったのは、この日を夢見ていたから。

愛される身体を手に入れたかったから。

でも、ヴィオラちゃん。あなたにはあるの？

今の身体で、絶望しないでいられる理由が。

私には考えつかないわ。地面を踏みしめる足もないし、助けを呼ぶための声も出ない。

友達だと思っていた私には裏切られて、その暗い部屋で、ただ苦痛にもがくだけ。

そんな状態で、絶望しないでいられる理由があるの？

あなたの目に、希望という光が射しているとすれば、なんだというの？

あなたの壊れた瞳には、何が見えるの？

もしかしてまだ、ヴィオラちゃんは私のことを信じているのかしら。私が身体を返してくれると思って、引き止めているのかしら。

――だとしたら、なんて愚《おろ》か。

私は感動に泣きくずれる振りをして、顔を両手で覆った。

そしてすぐに、つまらないと思ってやめた。

「どうするの？」

黒猫の声に、私はまったくの無表情で振り返った。

黒猫は、切り株の上にちょこんと座っていた。

私は黒猫を無視して、家のある方角を見すえた。

緑の枝葉にさえぎられてここからは見えない、赤い屋根の家。

目を細めて、思いをはせる。

きっと、彼女はあの家で待ってるんだろうな。

私の友達がいっぱいいるあの家で。

そう思うと、口元がゆるんだ。身体がうずいて、浮き足立つようだった。

遊びに行きたい。ううん、行かないと。だって、彼女は誘っているのでしょう。私が遊びに来るのを、待っているのでしょう。

「行くわ」

ざざざ、と風が吹き抜けて、葉や花びらを散らしていく。

風に前髪をあおられながら、私は、真っ赤な薔薇を背に微笑《ほほえ》んだ。

――だって、ここは私の家。

私が殺されるわけがないのだから。

Profile

| ふみー |

2012年10月、自作のフリーゲーム、謎解きホラーアドベンチャー
『魔女の家』をネットにて公開、現在までのダウンロード数が30万を超える。
ニコニコ動画では、関連動画の再生数が1200万（2014年7月現在）にものぼり、
ニコニコ視聴者のあいだでその衝撃的なエンディングが話題になる。
『魔女の家』公式サイト http://majonoie.karou.jp/index.html

| 画＝おぐち |

1991年生まれ。現在、東京藝術大学油絵科に在籍中。
デジタルとアナログの両輪を操る作風で、
pixivでの人気は、閲覧数10万以上もの作品が多数ある。
村上隆氏が代表を務める「Kaikai Kiki」の展覧会に参加するなど、
今後の活躍が期待されるニュージェネレーションの若手クリエイター。
http://www.pixiv.net/member.php?id=19351